O ARQUIVO SECRETO DE SHERLOCK HOLMES

CB043467

Arthur Conan Doyle

O Arquivo Secreto de Sherlock Holmes

Tradução de Antonio Carlos Vilela

Editora Melhoramentos

Doyle, Arthur Conan
    O arquivo secreto de Sherlock Holmes / Arthur Conan Doyle; tradução Antonio Carlos Vilela. 2.ed. São Paulo: Editora Melhoramentos, 2013.
(Sherlock Holmes)

    Título original: *The case-book of Sherlock Holmes*.
    ISBN 978-85-06-07168-7

    1. Literatura juvenil. 2. Ficção policial. I. Vilela, Antonio Carlos. II. Título. III. Série.

13/090   CDD 869.8

Índices para catálogo sistemático:
1. Literatura juvenil em português   869.8
2. Literatura juvenil   809.8
3. Ficção policial - Literatura inglesa   820

Edição revisada conforme o Acordo Ortográfico da Língua Portuguesa

Título original em inglês: *The Case-Book of Sherlock Holmes*
Tradução: Antonio Carlos Vilela
Ilustrações: NW Studios
Capa (Projeto Gráfico): Rex Design

Direitos de publicação:
© 2001 Cia. Melhoramentos de São Paulo
© 2001, 2013 Editora Melhoramentos Ltda.
Todos os direitos reservados.

2.ª edição, 5.ª impressão, fevereiro de 2020
ISBN: 978-85-06-07168-7

Atendimento ao consumidor:
Caixa Postal: 729 – CEP 01031-970
São Paulo – SP – Brasil
Tel.: (11) 3874-0880
www.editoramelhoramentos.com.br
sac@melhoramentos.com.br

Impresso no Brasil

ÍNDICE

O CLIENTE ILUSTRE 7

O SOLDADO PÁLIDO 31

A JUBA DE LEÃO 49

O EMPRESÁRIO APOSENTADO 67

A INQUILINA DE ROSTO COBERTO 81

O VELHO SOLAR DE SHOSCOMBE 93

O Cliente Ilustre

— Agora não vai fazer mal — foi a resposta de Sherlock Holmes quando, pela décima vez em muitos anos, pedi-lhe permissão para revelar a história a seguir. Foi assim que consegui, afinal, que ele me deixasse escrever sobre o que foi, de certo modo, o momento supremo da carreira de meu amigo.

Tanto Holmes como eu tínhamos um fraco por banho turco. Era quando fumávamos na sala de secar, agradavelmente relaxados, que eu o tinha menos reticente e mais humano que em qualquer outra ocasião. No andar superior da casa de banhos da Avenida Northumberland, havia um canto isolado com duas espreguiçadeiras dispostas lado a lado. Era nelas que estávamos em 3 de setembro de 1902, dia em que minha narrativa começa. Perguntei a Holmes se estava trabalhando em algo e, como resposta, ele tirou o braço longo, magro, de sob o lençol e sacou um envelope do bolso interno de seu casaco, que estava pendurado ao lado.

— Pode ser algum tolo metido, ou uma questão de vida ou morte — ele disse, entregando-me a carta. — Nada sei além do que diz esta mensagem.

O envelope vinha do Carlton Club, datado da noite anterior. E a mensagem era a seguinte:

"*Sir* James Damery apresenta seus cumprimentos ao Sr. Sherlock Holmes, e o visitará às dezesseis horas e trinta minutos de amanhã. *Sir* James solicita que se esclareça que o assunto sobre o qual deseja consultar o Sr. Holmes é muito delicado, e também muito importante. Ele acredita, portanto, que o Sr. Holmes fará o possível para conceder essa consulta, e que a confirmará por telefone ao Carlton Club".

— Não preciso dizer que confirmei a entrevista — comentou Holmes quando lhe devolvi o papel. — Sabe alguma coisa sobre esse Damery?

— Apenas que sua família goza de muito prestígio na sociedade.

8   O Cliente Ilustre

– Bem, posso lhe contar um pouco mais do que isso. Ele tem a reputação de resolver assuntos delicados, que não podem aparecer na imprensa. Você deve se lembrar da negociação dele com *Sir* George Lewis sobre o caso Hammerford Will. É um homem do mundo, com inclinação natural para a diplomacia. Imagino, portanto, que não seja um alarme falso, e que ele realmente necessite de nossa ajuda.

– Nossa?

– Bem, se quiser colaborar, Watson.

– Vou me sentir honrado.

– Então, já sabe a hora, dezesseis e trinta. Até lá, podemos esquecer o caso.

Na época, eu estava morando em meu próprio apartamento, na Rua Queen Anne, mas, antes da hora marcada, lá estava eu de volta à Rua Baker. Às dezesseis e trinta em ponto, o Coronel *Sir* James Damery foi anunciado. Não seria necessário descrevê-lo, pois muitos irão se lembrar da expressão honesta, do rosto amplo e glabro e, acima de tudo, da voz agradável e suave. Sinceridade emanava de seus cinzentos olhos irlandeses, e o bom humor brincava em seus lábios sorridentes. A cartola brilhante, a sobrecasaca escura, na verdade cada detalhe de seu traje, do alfinete de pérola na gravata preta de cetim às polainas lilases sobre os sapatos envernizados, falava do cuidado meticuloso com a vestimenta pela qual era famoso. O aristocrata alto, poderoso, dominava a pequena sala.

– É claro que eu esperava encontrar o Dr. Watson – ele observou com uma reverência cortês. – A colaboração dele pode ser muito necessária, pois estamos lidando, neste caso, Sr. Holmes, com um homem acostumado à violência e que, literalmente, não conhece limites. Diria que é o homem mais perigoso da Europa.

– Já tive diversos oponentes a quem tal elogio se aplicava – retrucou Holmes sorrindo. – O senhor fuma? Então permita-me acender meu cachimbo. Se esse homem é mais perigoso que o falecido Professor Moriarty ou que o Coronel Sebastian Moran, realmente vale a pena conhecê-lo. Posso perguntar seu nome?

– Já ouviu falar do Barão Gruner?

– O assassino austríaco?

O Coronel Damery batia as mãos enluvadas enquanto ria.

– Nada lhe escapa, Sr. Holmes! Maravilhoso! Então já o tem como assassino?

– Faz parte da minha profissão acompanhar os detalhes dos crimes no continente. Quem, tendo lido sobre o que aconteceu em Praga,

O Cliente Ilustre

pode ter dúvidas quanto à culpa desse homem? Foram somente um detalhe técnico legal e a morte suspeita de uma testemunha que o salvaram. Tenho tanta certeza de que ele matou a esposa, quando ocorreu o chamado "acidente" no Vale Splugen, como se estivesse ali presente. Eu soube, também, que ele veio para a Inglaterra, e tive um pressentimento de que, cedo ou tarde, me daria trabalho. Bem, o que o Barão Gruner andou fazendo? Suponho que não seja algo relacionado à antiga tragédia?

– Não, é mais sério que isso. Punir um crime é importante, mas o prevenir é ainda mais. É horrível, Sr. Holmes, ver algo terrível, uma situação atroz, preparando-se diante de nossos olhos, e ver claramente em que aquilo resultará, e, ainda assim, ser incapaz de evitar o fato. Pode um ser humano ser colocado em posição mais desesperadora?

– Talvez não.

– Então o senhor irá se compadecer do cliente cujos interesses represento.

– Eu não tinha entendido que o senhor é apenas um intermediário. Quem é o cliente?

– Sr. Holmes, devo suplicar-lhe que não faça tal pergunta. É importante que eu possa assegurar a essa pessoa que seu nome honrado não será, de modo algum, envolvido no caso. Suas motivações são inteiramente honrosas e cavalheirescas, mas ele prefere permanecer incógnito. Não preciso dizer que seus honorários estão garantidos e que tem carta branca para agir. Imagino que o nome do cliente seja irrelevante a seu trabalho, não?

– Sinto muito – insistiu Holmes –, em meus casos, estou acostumado a lidar com o mistério em uma das pontas. Nas duas, é muito perturbador. Receio, *Sir* James, que não possa aceitar esse caso.

Nosso visitante ficou muito agitado. Seu rosto grande e expressivo foi obscurecido pelo desapontamento.

– Sr. Holmes, não acredito que esteja ciente do efeito de sua atitude – respondeu. – Estou vivendo um dilema, pois tenho certeza de que o senhor ficaria orgulhoso de assumir o caso se eu pudesse lhe fornecer todos os detalhes, mas uma promessa me proíbe de revelá-los. Posso, ao menos, expor-lhe tudo de que sei?

– Claro que sim, desde que compreenda que não me comprometo a nada.

– De acordo. Em primeiro lugar, creio que já ouviu falar do General De Merville?

– De Merville, de Khyber? Já, já ouvi falar dele.

10

O Cliente Ilustre

– Ele tem uma filha, Violet De Merville, jovem, rica, linda, educada, uma maravilha em todos os sentidos. É essa garota, adorável e inocente, que estamos tentando salvar das garras de um demônio.

– O Barão Gruner tem algum poder sobre ela?

– O maior de todos os poderes, no que diz respeito a uma mulher: o poder do amor. Como provavelmente sabe, o sujeito é muito atraente, extraordinariamente gentil e possui aquele ar de romance e mistério que tanto fascina as mulheres. Dizem que todas as mulheres estão à sua disposição, o que ele desfruta amplamente.

– Mas como um homem desses se aproximou de uma moça da posição da Srta. Violet De Merville?

– Em um cruzeiro pelo Mediterrâneo. Os participantes, embora seletos, pagaram suas próprias passagens. Sem dúvida, os promotores só perceberam tarde demais o tipo de homem que o barão era. O bandido seduziu a moça com tanta habilidade que a conquistou completamente. Dizer que ela o ama é pouco. Está louca por ele, obcecada. Além dele, não existe nada no mundo. Recusa-se a ouvir qualquer coisa que o desmereça. Já se tentou de tudo para curá-la dessa loucura, mas em vão. Resumindo, vão se casar no próximo mês. Como é maior de idade e determinada, não imaginamos como impedi-la.

– Ela sabe do episódio em Praga?

– O maldito já lhe contou todos os escândalos de sua vida, mas sempre de modo que pareça um mártir inocente. Ela aceita a versão do barão sem escutar nenhuma outra.

– Ora, essa! Mas o senhor deixou escapar o nome do cliente? É o General De Merville.

Nosso visitante remexeu-se na cadeira.

– Eu poderia enganá-lo concordando, Sr. Holmes, mas estaria faltando com a verdade. De Merville é um homem derrotado. O grande soldado foi totalmente derrotado pela situação. Perdeu a bravura que nunca lhe faltou no campo de batalha e tornou-se um velho fraco e senil, incapaz de enfrentar um canalha brilhante e insidioso como o austríaco. Meu cliente, contudo, é um velho amigo, que conhece o general há muitos anos e desenvolveu um sentimento paterno pela moça desde que era uma garotinha. Ele não se conforma em ver a tragédia consumada sem tentar impedi-la. Não há nada que a Scotland Yard possa fazer. Foi sugestão dele que eu procurasse pelo senhor, mas, como já disse, com a condição de que não fosse envolvido pessoalmente no caso. Não tenho dúvidas, Sr. Holmes, de que, com toda sua competência, poderia facilmente descobrir quem é meu cliente, mas devo suplicar-lhe, como ponto de honra, que não o faça.

O Cliente Ilustre

– Acho que posso prometer isso – tranquilizou-o Holmes, sorrindo.
– E devo acrescentar que o caso me interessa e que vou investigá-lo. Como faço para entrar em contato com o senhor?

– Pode me encontrar no Carlton Club. Mas, em caso de emergência, ligue para meu telefone particular, XX.31.

Ainda sorrindo, Holmes anotou o número do telefone no caderno aberto sobre o joelho.

– Qual o endereço atual do barão?

– Vernon Lodge, perto de Kingston. É uma casa grande. Ele se deu bem em certas especulações muito obscuras e tornou-se um homem rico, o que, naturalmente, o torna ainda mais perigoso.

– Está em casa no momento?

– Está.

– Além do que já me contou, pode me dar mais informações sobre o homem?

– Tem hábitos caros. Adora cavalos. Durante um curto período de tempo jogou polo em Hurlingham, mas o episódio de Praga fez que parasse. Tem um lado artístico considerável. É também uma autoridade reconhecida em porcelana chinesa, tendo já escrito um livro sobre o assunto.

– Uma mente complexa – concluiu Holmes. – Todos os grandes criminosos são assim. Meu velho amigo Charlie Peace era um virtuose no violino. Wainwright também era bom artista. Eu poderia citar muitos mais. Bem, *Sir* James, diga a seu cliente que vou me concentrar no Barão Gruner. Por enquanto, é só. Tenho minhas próprias fontes de informação e arrisco dizer que encontraremos algum modo de abordar esse caso.

Após a saída de nosso visitante, Holmes mergulhou tão profundamente em seus pensamentos que pareceu esquecer minha presença. Depois de um tempo, finalmente, voltou à Terra.

– E então, Watson, o que acha?

– Acredito que o melhor seria falar diretamente com a moça.

– Meu caro Watson, se o pobre pai não consegue demovê-la, como eu, um estranho, o conseguiria? Ainda assim, esse será nosso último recurso, se tudo o mais falhar. Mas creio que devamos começar de outro modo. Imagino que Shinwell Johnson possa nos ajudar.

Ainda não tive oportunidade de mencionar Shinwell Johnson nestas memórias, porque raramente escrevo sobre os casos da última fase da carreira de meu amigo. Durante os primeiros anos do século, Johnson tornou-se um assistente valioso. Lamento dizer que, antes disso, ele fez fama como marginal muito perigoso, tendo cumprido

12 O Cliente Ilustre

duas condenações na penitenciária de Parkhurst. Depois se regenerou e se aliou a Holmes, agindo no grande submundo de Londres, onde conseguia informações que frequentemente se mostravam vitais. Se Johnson fosse um informante da polícia, logo teria sido descoberto, mas, como os casos com que lidava nunca iam diretamente para as cortes, sua atividade não era descoberta pelos companheiros do submundo. Com a fama de suas duas condenações, tinha passe livre em todas as boates, casas de jogo e bocas de fumo da cidade. Isso, aliado à sua capacidade de observação e inteligência, tornavam-no o agente ideal para a obtenção de informações. Era a ele que Sherlock Holmes pretendia recorrer.

Não me foi possível acompanhar as primeiras providências tomadas por meu amigo, pois eu tinha meus próprios compromissos profissionais, mas o encontrei, certa noite, no Simpson's, conforme havíamos marcado. Sentados a uma mesa junto à janela, acompanhávamos o fluxo apressado das pessoas pela Avenida Strand. Holmes, então, me contou o que estava acontecendo.

– Johnson está à espreita – ele disse. – Talvez encontre algum podre do barão nos recônditos obscuros do submundo, pois é lá, nas raízes do crime, que devemos caçar os segredos desse homem.

– Mas se a moça já não aceita o que é amplamente conhecido, por que alguma nova descoberta mudaria sua disposição?

– Quem sabe, Watson? O coração e a mente de uma mulher são quebra-cabeças insolúveis para o homem. Ainda que ela perdoe ou compreenda um assassinato, algum pecado menor talvez a faça mudar de ideia. O Barão Gruner disse-me que...

– Disse a você?!

– Ah, claro, não lhe contei meus planos. Bem, Watson, eu gosto de estabelecer contato próximo com o suspeito. Gosto do contato olho no olho, pelo qual eu mesmo possa avaliar o oponente. Depois de instruir Johnson, tomei uma carruagem até Kingston e fui ao encontro do barão, que foi muito amável.

– Ele reconheceu você?

– Não foi difícil, já que simplesmente lhe entreguei meu cartão de visita. É um excelente antagonista, frio como gelo, de voz aveludada e suave, como a de certas pacientes que você atende, mas venenoso como uma cobra. Ele se constitui um verdadeiro aristocrata do crime, com o verniz de requinte escondendo um interior cruel. Sim, gostei de ter sido colocado em confronto com o Barão Adelbert Gruner.

– Você disse que ele foi amável?

O Cliente Ilustre

– Um gato que ronrona enquanto estuda o ratinho. A amabilidade de certas pessoas é mais perigosa que a violência de almas mais rústicas.

" 'Sabia que iria vê-lo cedo ou tarde, Sr. Holmes', ele me cumprimentou de forma característica. 'O senhor foi contratado, sem dúvida, pelo General De Merville para tentar impedir meu casamento com sua filha, Violet. Não é isso?'

"Eu concordei.

" 'Meu caro senhor', ele continuou, 'somente conseguirá arruinar sua merecida reputação. Este não é um caso que possa resolver. Seu trabalho será inútil, para não dizer perigoso. Permita-me aconselhá-lo a parar imediatamente.'

" 'É engraçado', respondi, 'mas esse era o conselho que eu planejava lhe dar. Respeito sua inteligência, barão, e o pouco que estou captando de sua personalidade não muda minha opinião. De homem para homem: ninguém quer remexer em seu passado e tornar seu presente desconfortável. Acabou, e o senhor está agora em águas tranquilas. Mas, se insistir nesse casamento, reunirá contra si muitos inimigos poderosos, que não descansarão até tornar a Inglaterra um lugar muito perigoso para o senhor. Será que o prêmio compensa? Seria mais inteligente, de sua parte, deixar a moça em paz. Não será agradável para o senhor se tivermos de expor fatos do seu passado à Srta. De Merville.'

"O barão tem um bigodinho engomado, que lembra as antenas de um inseto. Os pelinhos vibravam de divertimento enquanto ele escutava, até que o homem irrompeu em um risinho suave.

" 'Desculpe meu divertimento, Sr. Holmes', ele replicou, 'mas é realmente engraçado vê-lo tentando jogar sem cartas. Acredito que ninguém faria melhor, mas é patético mesmo assim. Nenhuma carta boa na mão, Sr. Holmes, nenhuma.'

" 'É o que pensa.'

" 'É o que sei. Deixe-me esclarecer as coisas para o senhor, pois minha mão é tão boa que posso mostrá-la. Tive a felicidade de conquistar totalmente o amor dessa moça. E isso apesar de lhe ter contado, em detalhes, todos os incidentes infelizes do meu passado. Também lhe disse que certas pessoas más e ardilosas – e espero que se reconheça entre elas – iriam se aproximar para contar-lhe as mesmas coisas. Aconselhei-a, na oportunidade, sobre como tratar esse tipo de gente. Já ouviu falar de sugestão pós-hipnótica, Sr. Holmes? Bem, verá como funciona, pois um homem de personalidade sabe usar a hipnose sem passes de mágica e outras charlatanices. Então,

14   **O Cliente Ilustre**

ela está preparada para o senhor, e não tenho dúvida de que vai recebê-lo, pois costuma atender aos pedidos do pai, a não ser quanto ao assunto em questão.'

"Bem, Watson, não parecia haver mais o que dizer, de modo que reuni toda a fria dignidade que consegui e me preparei para sair, mas, assim que toquei na maçaneta da porta, ele me deteve.

" 'A propósito, Sr. Holmes', indagou, 'conhece Le Brun, o agente francês?'

" 'Sim', respondi.

" 'Sabe o que lhe aconteceu?'

" 'Soube que foi atacado por bandidos em Montmartre e ficou aleijado para o resto da vida.'

" 'Isso mesmo, Sr. Holmes. E, por uma coincidência curiosa, ele esteve se metendo nos meus negócios na semana anterior. Não faça o mesmo, Sr. Holmes. Não atrai boa sorte. Muitos já descobriram isso. Meu último conselho é: siga seu caminho e fique fora do meu. Adeus!' "

– É isso, Watson. Agora você está a par dos acontecimentos.

– O sujeito parece perigoso.

– Muito perigoso. Não dou atenção aos fanfarrões, mas esse é o tipo de homem que fala menos do que faz.

– Você precisa interferir? Realmente importa se ele se casar com a garota?

– Considerando que ele assassinou a última esposa, eu diria que importa, e muito. Além disso, há o cliente! Ora, ora, não precisamos discutir isso. Quando terminar seu café, venha comigo até a Rua Baker, pois Shinwell Johnson fará um relatório de suas investigações.

Pois lá o encontramos, um homem enorme, grosseiro, de rosto avermelhado, com um par de intensos olhos pretos, que eram apenas o sinal externo de uma mente muito ardilosa. Ele havia mergulhado naquele que era seu reino e trazido de lá uma moça magra, com o rosto pálido e jovem marcado por desvios e desenganos. Ela estava a seu lado, no sofá.

– Esta é a Srta. Kitty Winter – disse Shinwell Johnson, agitando a enorme mão enquanto fazia a apresentação. – O que ela não sabe!... Bem, vou deixá-la falar por si mesma. Sr. Holmes, encontrei-a uma hora depois de sua mensagem.

– Sou fácil de encontrar – admitiu a jovem. – Estou sempre no inferno, em Londres. O mesmo endereço de Porky Shinwell[1].

---

[1] Porky: apelido para alguém gordo ou presunçoso, impertinente.

O Cliente Ilustre 15

Somos velhos camaradas, eu e o Porky, aqui. Mas, diabos, se existisse justiça no mundo, há um sujeito que deveria estar em um inferno mais baixo que o nosso! É o homem que está querendo pegar, Sr. Holmes.

– Imagino que a senhorita esteja do nosso lado – sugeriu Holmes com um leve sorriso.

– Se puder ajudar a colocar aquele canalha onde merece estar, estou contigo até o fim! – exclamou a moça, furiosa. Seu rosto se inflamou com um tipo de ódio que as mulheres raramente, e os homens nunca, atingem. – Não precisa procurar no meu passado, Sr. Holmes. Eu sou o que Adelbert Gruner fez de mim. Se puder derrubá-lo!... – freneticamente, disparou golpes no ar à sua frente. – Ah, se pudesse apenas derrubá-lo na cova para onde ele empurrou tantas!

– A senhorita sabe de que se trata? – indagou Holmes.

– Porky Shinwell me contou. O canalha está atrás de outra boba e, desta vez, quer se casar. O senhor quer impedi-lo. Bem, certamente conhece esse demônio o suficiente para evitar que qualquer garota decente, em seu juízo perfeito, queira estar na mesma igreja que ele.

– Ela não está em seu juízo perfeito. Está loucamente apaixonada por ele. Já lhe contaram tudo sobre o noivo. E ela não se importa.

– Falaram do assassinato?

– Sim.

– Bom Deus, como ela tem coragem!

– Ela rejeita todos os avisos dizendo que são calúnias.

– O senhor não conseguiu apresentar provas a essa tola?

– Bem... pode nos ajudar a fazer isso?

– Eu mesma não sou uma prova? Se eu for diante da noiva e lhe disser como o bandido me usou...

– A senhorita faria isso?

– Se eu faria? Claro que sim!

– Poderia valer a pena tentar – concluiu Holmes. – Mas o barão já contou a ela a maioria dos seus pecados e a moça o perdoou. Pelo que sei, ela não quer mais ouvir falar no assunto.

– Aposto que ele não contou tudo – redarguiu a Srta. Winter. – Eu testemunhei uns dois assassinatos além daquele que provocou tanta conversa. Ele falava da pessoa de um jeito suave, e depois me fitava com aqueles olhos frios e dizia: "Ele morreu um mês depois". Não era balela. Mas eu não dava muita atenção a isso; sabe como é, na época era eu quem o amava. Fizesse o que fizesse, eu o perdoava,

16   O Cliente Ilustre

do mesmo jeito que essa boba. Só teve uma coisa que me abalou. Diabos! Não fosse por aquele seu jeito macio de falar e convencer, eu o teria deixado naquela mesma noite. É um livro que ele tem... com a capa de couro marrom ostentando seu brasão dourado e um fecho. Acho que ele estava um pouco bêbado, naquela noite, ou não teria me mostrado.

– O que havia no livro? – perguntou Holmes.

– Sabe, Sr. Holmes, esse homem coleciona mulheres, do mesmo jeito que outros colecionam borboletas, e tem orgulho da coleção. Está tudo naquele livro: fotografias, retratos, nomes, detalhes, tudo sobre elas. É um maldito livro... nenhum homem, mesmo saído da sarjeta, poderia reunir algo assim. É o diário de Adelbert Gruner. "Almas Que Arruinei" era um título bom para se colocar na capa. Mas isso tanto faz, porque o livro de nada serve. E, se servisse, o senhor não conseguiria pegá-lo.

– Onde está esse livro?

– Como posso lhe dizer agora? Faz mais de um ano que o deixei. Eu sei onde o barão o guardava na época. Ele é um homem metódico, talvez o livro ainda esteja no mesmo lugar, na gaveta da escrivaninha, no escritório interno. Conhece a casa dele?

– Estive no escritório – respondeu Holmes.

– Esteve, é? Então o senhor não perde tempo, já que toda a coisa começou hoje de manhã. Talvez o querido Adelbert tenha encontrado um inimigo à altura desta vez. O escritório "externo" é onde fica a coleção de porcelana chinesa, em grandes cristaleiras entre as janelas. Atrás da mesa dele, há uma porta que leva ao escritório "interno", uma saleta onde guarda documentos e outras coisas.

– Ele não tem medo de ladrões?

– Adelbert não é covarde. Nem mesmo seu pior inimigo diria isso dele. Sabe cuidar de si mesmo. À noite, liga o alarme contra roubos. Além disso, o que tem ali que interesse a ladrões? A menos que alguém queira roubar a porcelana...

– Dificilmente – Shinwell Johnson deu sua opinião de perito. – Ninguém quer coisa que não dê para vender ou derreter.

– Exatamente – concordou Holmes. – Muito bem, Srta. Winter, se puder estar aqui amanhã às cinco da tarde, vou ver se consigo encaminhar sua sugestão de falarmos com a Srta. De Merville. Agradeço muito sua cooperação. Não preciso dizer que meus clientes irão recompensá-la...

– Nada disso, Sr. Holmes – protestou a jovem. – Não é de dinheiro que estou atrás. Deixe-me ver esse homem na lama e

O Cliente Ilustre

terei minha recompensa. Na lama com meu pé sobre seu rosto amaldiçoado. Esse é meu preço. Estarei com o senhor amanhã ou em qualquer outro dia em que esteja atrás dele. O Porky aqui sabe onde me encontrar.

Não voltei a ver Holmes até a próxima noite, quando jantamos novamente no restaurante da Strand. Quando lhe perguntei se tivera sorte na entrevista, deu de ombros. Então me contou a história que relato a seguir. Seu depoimento seco precisa de alguns retoques, para ser suavizado e tornar-se mais compreensível.

– Não houve nenhuma dificuldade para marcar o compromisso – começou Holmes –, pois a garota adora mostrar total obediência ao pai em questões secundárias, numa tentativa de compensar seu desrespeito na questão do noivado. O general telefonou, dizendo que estava tudo certo. A Srta. Winter apareceu na hora marcada, de modo que uma carruagem nos deixou às cinco e meia no número 104 da Praça Berkeley, onde mora o velho soldado, um daqueles horríveis castelos cinzentos de Londres, que fazem uma igreja parecer frívola. Um criado nos conduziu a uma ampla sala de estar com cortinas amarelas, e lá estava a moça, esperando por nós; tímida, pálida, inflexível e inatingível como a neve no pico de uma montanha.

"Não sei como descrevê-la, Watson. Talvez você a encontre antes de chegarmos à solução do caso e consiga usar seu dom para as palavras. É linda, mas sua beleza é do tipo etéreo, sobrenatural... ela parece um daqueles fanáticos cujos pensamentos estão nas alturas. Vi rostos assim em retratos de velhos senhores da Idade Média. Não consigo imaginar uma besta-fera como o barão colocando suas patas sujas em um ser tão elevado. Você já deve ter reparado como os extremos se atraem, o espiritual e o animal, o homem das cavernas e o anjo. Nunca se viu caso pior do que este.

"Ela já sabia o porquê de nossa visita, é claro. Aquele bandido não perdeu tempo em envená-la contra nós. A presença da Srta. Winter a surpreendeu, acredito, mas ela nos recebeu como uma freira recebe dois mendigos leprosos. Se quiser tomar umas aulas de presunção, meu caro Watson, procure a Srta. Violet De Merville.

" 'Bem, meu senhor', ela disse, com voz gélida, 'seu nome me é familiar. O senhor veio, pelo que sei, para difamar meu noivo, o Barão Gruner. Somente para atender a um pedido de meu pai é que o recebo, mas devo adverti-lo de que nada do que disser terá qualquer efeito sobre mim.'

"Fiquei triste por ela, Watson. Por um momento, pensei na Srta. De Merville como minha própria filha. É raro eu ser eloquente.

18   O Cliente Ilustre

Sempre uso a cabeça, não o coração. Mas realmente falei com ela escolhendo as palavras mais gentis que consegui encontrar. Divaguei sobre a terrível posição da mulher que só acorda para a verdadeira natureza do marido depois do casamento, quando tem de ser beijada e acariciada por lábios mentirosos e mãos sujas de sangue. Não me esqueci de nada: da vergonha, do medo, da agonia, da desesperança total. Nenhuma das minhas palavras conseguiu mudar a cor daquela face de marfim ou suscitar um brilho de emoção naqueles olhos baços. Lembrei o que o canalha falara sobre influência pós-hipnótica. Poderíamos até acreditar que a moça estava vivendo em alguma espécie de sonho. Mas suas respostas eram bastante concretas.

" 'Ouvi o senhor com paciência', ela retrucou. 'O efeito que produziu em mim é exatamente o que eu previra. Estou ciente de que Adelbert, meu noivo, teve uma vida agitada, que provocou ódio e acusações das mais injustas. O senhor é apenas o último de vários que vieram trazer suas calúnias diante de mim. Talvez sua intenção seja boa, mas sei que é um agente pago, que poderia estar falando em favor do barão, se este o tivesse contratado. De qualquer modo, quero que compreenda, de uma vez por todas, que nos amamos e que a opinião do mundo importa tanto quanto o chilreio dos pássaros lá fora. Caso a natureza nobre de meu noivo tenha fraquejado em algum momento, acredito que eu tenha sido enviada especialmente para reerguê-la ao lugar em que merece estar. Só não entendi', ela disse voltando-se para minha acompanhante, 'qual o propósito desta moça.'

"Eu estava para responder quando a Srta. Winter estourou como um furacão. Se puder imaginar fogo e gelo face a face, pode entender o que ocorreu entre as duas mulheres.

" 'Vou lhe dizer quem sou', bradou a Srta. Winter, levantando de um pulo, com a boca retorcida de ódio. 'Sou a última amante dele. Sou uma dentre uma centena que ele seduziu, usou, arruinou e jogou no lixo, do mesmo jeito que vai fazer com você. A sua lata de lixo, porém, vai ser uma cova, o que talvez seja melhor. Vou lhe dizer, sua tola, se casar com esse homem, ele vai ser a sua ruína. Pode ser o coração partido ou o pescoço quebrado, mas ele acaba com você de um jeito ou outro. Não é por amor a você que estou me revelando. Pouco me importa se você morrer ou viver. É por ódio a ele que falo, para machucá-lo e para me vingar do que fez a mim. Mas tanto faz, e não precisa me olhar assim, minha boa moça, pois estará abaixo de mim antes do término dessa história!'

O Cliente Ilustre 19

" 'Prefiro não discutir esse assunto', rebateu com frieza a Srta. De Merville. 'Vou dizer, de uma vez por todas, que estou ciente de que, em três oportunidades, meu noivo se envolveu com mulheres oportunistas. Mas acredito no sincero arrependimento dele por qualquer mal que tenha cometido.'

" 'Três oportunidades!', vociferou minha acompanhante. 'Sua tola! Sua grande tola!'

" 'Sr. Holmes, peço-lhe que termine esta entrevista', manifestou-se a voz gelada. 'Atendi ao desejo de meu pai e o recebi, mas não sou obrigada a ouvir os disparates desta pessoa.'

"Blasfemando, a Srta. Winter pulou na direção da outra e, se eu não tivesse segurado seu pulso, teria agarrado os cabelos da Srta. De Merville. Arrastei-a até a porta e, por sorte, consegui colocá-la na carruagem sem escândalo, pois ela estava totalmente fora de si, de raiva. De uma forma mais contida, Watson, também eu fiquei furioso, pois havia algo de indescritivelmente perturbador na calma e na autocomplacência suprema da mulher que estávamos tentando salvar. Bem, mais uma vez, você tem conhecimento dos fatos, e ficou claro que preciso planejar uma nova jogada, pois essa não funcionou. Entrarei em contato com você, Watson, pois é bem possível que exista um papel para você nesse drama, embora eu acredite que o próximo ato seja deles."

E foi realmente. O golpe veio deles – ou dele, melhor dizendo, pois em nenhum momento acreditei que a moça tenha tomado parte naquilo. Acho que eu poderia apontar a pedra do calçamento exata sobre a qual estava quando vi a placa, com a notícia que me aterrorizou a alma. Foi entre o Grand Hotel e a Estação de Charing Cross, onde um vendedor de jornais perneta anunciava os vespertinos, dois dias depois da última conversa com meu amigo. Em letras pretas sobre fundo amarelo, a terrível manchete informava:

ATAQUE CRIMINOSO CONTRA SHERLOCK HOLMES.

Fiquei paralisado por alguns instantes. Lembro-me então, vagamente, de ter pego o jornal, da reclamação do homem a quem não paguei e, finalmente, de parar na entrada de uma farmácia enquanto procurava a notícia, que informava:

"Foi com pesar que recebemos a notícia de que o Sr. Sherlock Holmes, conhecido detetive particular, foi vítima, nesta manhã, de um ataque criminoso que o deixou em péssimas condições. Os detalhes não são conhecidos, mas parece que a agressão aconteceu ao meio-dia, na Rua Regent, em frente ao Café Royal. O ataque foi efetuado por dois homens armados com bastões. O Sr. Holmes recebeu golpes na cabeça e no corpo, que resultaram em ferimentos descritos como

20   O Cliente Ilustre

'muito graves' pelos médicos. Ele foi levado ao Hospital Charing Cross e, depois, insistiu em ser transferido para seu apartamento, na Rua Baker. Os agressores, descritos como homens respeitavelmente vestidos, escaparam pelo Café Royal, saindo pela rua de trás, a Glasshouse. Sem dúvida, pertencem à classe de criminosos que frequentemente lamenta a atividade e o gênio do agredido."

Não preciso dizer que, mal terminei de ler o parágrafo, pus-me a bordo de um cabriolé a caminho da Rua Baker. Lá encontrei *Sir* Leslie Oakshott, o famoso cirurgião, no vestíbulo, encaminhando-se ao carro que o esperava à porta.

– Não há perigo imediato – foi seu relatório. – Dois cortes no couro cabeludo e diversos hematomas. Foram necessários vários pontos. Apliquei-lhe morfina. Descanso é essencial, mas alguns minutos de conversa não estão proibidos.

Com tal permissão, entrei no quarto em penumbra. O convalescente estava acordado, e ouvi meu nome num sussurro áspero. A persiana não estava totalmente fechada, e um raio de sol penetrava obliquamente e iluminava a cabeça enfaixada de meu amigo. Uma parte da bandagem branca estava úmida e vermelha. Sentei-me a seu lado e inclinei a cabeça em sua direção.

– Tudo bem, Watson, não precisa ficar tão assustado, não estou tão mal como parece.

– Graças a Deus!

– Sou perito em luta com bastão, como você sabe. Neutralizei a maioria dos golpes. Foi o segundo homem que não consegui deter.

– O que devo fazer, Holmes? É claro que foi aquele maldito quem mandou os capangas. É só você ordenar e eu vou lá acabar com ele.

– Meu bom Watson! Não podemos fazer nada, a menos que a polícia pegue os agressores. Mas a fuga deles foi muito bem planejada, esteja certo disso. Espere um pouco. Tenho um plano. A primeira coisa é exagerar meu estado. A imprensa irá até você para obter notícias. Pode exagerar, Watson: com sorte, viverei até o fim da semana... concussão... delírio... o que quiser! Quanto pior, melhor.

– E quanto a *Sir* Leslie Oakshott?

– Ah, tudo bem. Farei com que acredite que estou muito mal.

– Algo mais?

– Sim. Diga a Shinwell Johnson para esconder a garota. Os bandidos agora vão atrás dela, pois é claro que eles sabem que ela estava comigo. Se ousaram me atacar dessa forma, é provável que queiram apanhá-la também. Isso é urgente. Fale com Shinwell ainda hoje.

– Vou agora mesmo. Que mais?

22   O Cliente Ilustre

– Coloque o cachimbo e a bolsa de tabaco sobre o criado-mudo. Ótimo! Venha pela manhã para planejarmos nossa campanha.

Durante seis dias, o público esteve sob a impressão de que Sherlock Holmes agonizava. Os boletins eram muito graves, e notícias tenebrosas apareciam nos jornais. Minhas visitas asseguravam-me que seu estado não era tão ruim. Constituição rija, aliada a determinação férrea, fazia maravilhas. Holmes recuperava-se rapidamente, talvez mais rápido do que ele próprio acreditava. Aquele homem tinha uma tendência ao segredo que produzia muitos efeitos dramáticos e deixava até seu amigo mais próximo se perguntando sobre quais seriam seus planos. Holmes levava ao extremo a máxima: "segredo é aquilo que só um conhece". Eu era a pessoa mais próxima dele e, ainda assim, sempre tive consciência da distância que havia entre nós.

No sétimo dia, os pontos foram retirados; apesar disso, os jornais vespertinos relataram o aparecimento de uma erisipela. Os mesmos jornais traziam uma nota que fui obrigado a mostrar a meu amigo, estivesse ele doente ou são. A nota informava que, entre os passageiros do navio Ruritania, que zarparia de Liverpool na sexta-feira, estaria o Barão Adelbert Gruner, que tinha importantes negócios financeiros para resolver nos Estados Unidos antes de seu casamento iminente com a Srta. Violet De Merville, filha única do general... etc., etc. Holmes ouviu a leitura da notícia com o pálido rosto impassível, concentrado, o que indicava que o surpreendia.

– Sexta-feira! – exclamou. – Somente três dias. Acho que o canalha quer se pôr a salvo. Mas não conseguirá, Watson! Pelo bom Deus, ele não conseguirá! Agora, Watson, quero que faça algo para mim.

– É só dizer, Holmes.

– Então, use suas próximas vinte e quatro horas para estudar intensivamente porcelana chinesa.

Ele não deu explicações, e eu não as pedi. Minha longa experiência ensinara-me a sabedoria da obediência. Mas ao sair do apartamento, e enquanto descia a Rua Baker, pensava em como atenderia a ordem tão estranha. Afinal, fui até a Biblioteca de Londres, na Praça St. James, e coloquei a questão para meu amigo Lomax, o bibliotecário-assistente, e voltei para casa com uma boa coleção debaixo do braço.

Dizem que o advogado que se prepara bem para um caso pode interrogar um perito na segunda-feira e esquecer todo esse conhecimento forçado antes do sábado. Com certeza, não quero posar de perito em porcelana. Ainda assim, durante todo o resto da tarde e por toda a noite, com uma pequena pausa, e continuando na manhã seguinte,

O Cliente Ilustre
23

absorvi muito conhecimento sobre o assunto, além de decorar diversos nomes. Aprendi as características dos grandes artistas, os mistérios das datas cíclicas, as marcas de Hung-wu e as belezas de Yung-lo, as escritas de Tang-ying e as glórias dos períodos primitivos de Sung e de Yuan. Carregava toda essa informação quando visitei Holmes na tarde seguinte. Ele já não estava de cama, embora não se pudesse supor esse fato pelas matérias que a imprensa publicava, de modo que o encontrei sentado em sua poltrona favorita, com a cabeça enfaixada apoiada na mão.

– Ora, Holmes – brinquei –, segundo os jornais você está à beira da morte.

– E é essa a impressão que desejo passar – Holmes confirmou. – Então, Watson, fez a lição de casa?

– Pelo menos tentei.

– Ótimo. Acha que poderia manter uma conversa inteligente sobre o assunto?

– Acredito que sim.

– Dê-me aquela caixinha que está sobre a lareira.

Abrindo a tampa, Holmes retirou de dentro da caixa um objeto pequeno, embrulhado cuidadosamente em seda, a qual ele retirou para revelar um delicado pires azul-escuro.

– Precisa tomar muito cuidado com isto, Watson. Trata-se de legítima porcelana da dinastia Ming. Nem a Christie possui uma peça tão bela. Um jogo completo valeria o resgate de um rei. De fato, duvido que exista um jogo completo fora do Palácio Imperial de Pequim. Esta peça pode enlouquecer um perito.

– O que devo fazer com ela?

Holmes entregou-me um cartão no qual estava impresso: "Dr. Hill Barton, Rua Half Moon, 369".

– Este será seu nome durante a noite, Watson. Você fará uma visita ao Barão Gruner. Estou a par dos hábitos dele e sei que, às oito e meia, provavelmente, estará livre. Vou enviar um bilhete, antes, avisando de sua visita e dizendo que estará levando uma peça de um jogo exclusivo de porcelana Ming. Pode dizer que também é médico, pois esse papel você pode desempenhar sem fingir. Você é um colecionador, encontrou esse jogo e ouviu falar do interesse do barão pelo assunto, sendo que não se incomodaria de vendê-lo pelo preço justo.

– Que preço?

– Boa pergunta, Watson. Você certamente estaria se entregando se não soubesse o valor de seu próprio objeto. Este pires chegou a mim pelas mãos de *Sir* James, pelo que entendi, direto da coleção

24 O Cliente Ilustre

de seu cliente. Não seria exagero dizer que a peça dificilmente pode ser igualada.

– Talvez eu possa sugerir que o jogo seja avaliado por um perito...

– Excelente, Watson! Você está brilhante, hoje. Sugira a Christie ou a Sotheby. Seu cavalheirismo não permite que você mesmo atribua um preço.

– E se ele não me receber?

– Ah, vai recebê-lo. Ele tem uma compulsão por colecionar, especialmente nessa área, em que é uma autoridade reconhecida. Sente-se, Watson, que vou ditar o bilhete. Não é preciso resposta. Vai dizer, simplesmente, que fará a visita e o porquê.

O texto era notável: conciso, cortês e estimulante à curiosidade de um especialista. Logo o enviamos por um mensageiro. Naquela noite, com o precioso pires na mão e o cartão de Dr. Hill Barton no bolso, coloquei minha parte da aventura em marcha.

A belíssima casa indicava que o Barão Gruner era, como *Sir* James afirmara, homem de considerável fortuna. Uma alameda tortuosa, ladeada por arbustos de plantas raras, conduzia a um pátio de cascalho adornado de estátuas. A residência fora construída por um magnata sul-africano, durante a corrida do ouro naquele país. O amplo edifício era um pesadelo arquitetônico, mas imponente em tamanho e solidez. O mordomo, que passaria por bispo em um concílio, recebeu-me, passando-me em seguida aos cuidados de um criado que me conduziu à presença do barão.

Ele estava diante de um armário aberto, entre as janelas, que continha parte de sua coleção de porcelana chinesa. Quando entrei, ele virou-se, com um vaso marrom nas mãos.

– Por favor, sente-se, doutor – ele disse. – Estava olhando meus próprios tesouros, pensando se posso me dar ao luxo de aumentá-los. Este espécime Tang, do século sétimo, deve interessá-lo. Acredito que o senhor nunca tenha visto trabalho mais belo ou brilho mais rico. Está com o pires Ming de que falou?

Cuidadosamente, desembrulhei a peça e entreguei-a ao barão. Ele se sentou à escrivaninha e aproximou a luminária, pois estava escurecendo, e pôs-se a examinar o pires. Enquanto o fazia, a luz amarela recaía sobre suas feições, permitindo-me estudá-las.

Com certeza era um homem atraente. Sua reputação de beleza era totalmente merecida. De porte médio, mas bem distribuído e proporcionado. Tinha o rosto moreno, quase oriental, com olhos grandes, escuros e langorosos, que deviam ser irresistivelmente fascinantes para as mulheres. Eram pretos os cabelos e o bigode, sendo

O Cliente Ilustre   25

este curto e cuidadosamente penteado. As feições eram agradáveis, salvo pela boca fina. Aquela era a mais típica boca de assassino que eu já vira: cruel, entalhada no rosto, comprimida, inexorável e terrível. Ele não deveria manter o bigode tão curto, pois a boca era o sinal de perigo da natureza, um alerta às suas vítimas. A voz era encantadora e os modos perfeitos. Quanto à idade, eu lhe daria pouco mais de trinta, mas sua ficha revelaria, depois, que tinha quarenta e dois anos.

— Muito bom... muito bom mesmo! – exclamou, finalmente. – E o senhor disse que o jogo é composto por seis peças... O que me intriga é nunca ter ouvido falar de espécimes tão magníficos. Só conheço outro igual a este na Inglaterra, e certamente não estaria no mercado. Seria muita indiscrição perguntar-lhe, Dr. Hill Barton, onde o conseguiu?

— Isso importa? – retruquei, tentando parecer casual. – O senhor pode ver que a peça é genuína e, quanto ao valor, satisfaço-me com a avaliação de um perito.

— Que mistério – ele murmurou, com um lampejo de suspeita nos olhos escuros. – Ao se negociar com objetos tão valiosos, é normal querer saber todos os detalhes da transação. De que a peça é genuína, não tenho dúvida. Mas suponha, e tenho de levar todas as possibilidades em conta, que eu descubra, depois, que o senhor não tinha o direito de vendê-la?

— Posso fornecer-lhe uma garantia contra problemas desse tipo.

— Isso, é claro, levantaria a questão de como seria tal garantia.

— Meus banqueiros podem esclarecer a questão.

— Claro. Ainda assim, a transação me parece incomum.

— O senhor pode adquirir a peça ou não – repliquei, com indiferença. – Ofereci ao senhor em primeiro lugar porque soube que é um conhecedor, mas não terei dificuldade de vender a outros interessados.

— Quem lhe disse que sou um conhecedor?

— Sei que já escreveu um livro a respeito.

— E o senhor leu o livro?

— Não.

— Ora, essa! Isto está ficando cada vez mais difícil de compreender. O senhor é um colecionador com uma peça muito valiosa em sua coleção, e mesmo assim não se deu ao trabalho de consultar o livro que revelaria os reais significado e valor daquilo que tem. Como explica isso?

— Sou muito ocupado. Sou médico e tenho uma clínica.

26 O Cliente Ilustre

– Isso não é resposta. Um homem costuma se dedicar a seu hobby, não importando os outros afazeres. Disse, em seu bilhete, que também era um conhecedor.

– E realmente sou.

– Posso então lhe fazer algumas perguntas? Devo lhe dizer, doutor, se é um médico realmente, que isso se torna cada vez mais suspeito. O que sabe do Imperador Shomu, e como o associa com Shoso-in, perto de Nara? Ora, ora, não conhece esses nomes? Então me fale da dinastia Wei setentrional e de seu lugar na história da porcelana.

Pulei da cadeira, simulando raiva.

– Isso é intolerável, meu senhor! – exclamei. – Vim fazer-lhe um favor, e não ser sabatinado como um estudante. Meu conhecimento do assunto pode ser inferior ao seu, mas não vou responder perguntas colocadas de modo tão ofensivo!

O barão olhou-me firmemente. A languidez sumira de seus olhos, que brilharam repentinamente. Os dentes surgiram por entre os lábios cruéis.

– Qual é o jogo? Está aqui como espião. O senhor é um emissário de Holmes. Estão tentando aplicar uma peça. Como ele está à morte, enviou um de seus agentes para me observar. O senhor entrou aqui sem pensar em como sairia e, por Deus, vai ver que será mais difícil sair que entrar!

Ele se levantou e eu recuei, preparando-me para o ataque, pois o homem estava fora de si. Provavelmente ele suspeitara desde o início, e as perguntas mostraram-lhe a verdade, mas estava claro que eu não poderia tê-lo enganado. Ele enfiou a mão em uma gaveta que remexeu com fúria. Então, ouviu algo e parou para escutar com atenção.

– Ah! – exclamou. – Ah! – e correu para a sala atrás de onde estávamos.

Com dois passos, alcancei a porta aberta. Jamais me esquecerei da cena que presenciei. A janela que dava para o jardim estava aberta. Em frente a ela, parecendo um fantasma, com a cabeça coberta de curativos ensanguentados e o rosto pálido, estava Sherlock Holmes. Em seguida, Holmes pulou para fora, e ouvi seu corpo caindo sobre os arbustos. Uivando de raiva, o dono da casa correu atrás dele e pôs meio corpo pela janela aberta.

Foi então que tudo aconteceu. Em um segundo, mas vi claramente. Um braço – um braço de mulher – apareceu de entre as folhas. No mesmo instante, o barão soltou um grito horrível, um grito que ecoará para sempre na minha memória. Levou as mãos ao rosto e começou a correr em círculos pela sala, batendo a cabeça com desespero contra as

O Cliente Ilustre

paredes. Então ele caiu no carpete, rolando e se contorcendo, enquanto os gritos ecoavam por toda a casa.

– Água! Água, pelo amor de Deus! – gritava.

Peguei a garrafa de água sobre a mesinha de canto e corri em seu socorro. Naquele instante, o mordomo e diversos criados chegavam pelo vestíbulo. Lembro que um deles desmaiou quando, ao me abaixar junto ao homem ferido, aproximei a luminária do rosto desfigurado. O vitríolo[2] penetrava em todos os pontos, escorrendo pelas orelhas e pelo queixo. Um olho já estava branco e opaco. O outro, vermelho e inflamado. As feições, que havia pouco eu admirava, eram agora uma pintura sobre a qual o artista passara uma esponja úmida e suja. O rosto estava borrado, descolorido, bestial, terrível.

Em poucas palavras, expliquei à criadagem o que ocorrera, com relação ao ataque com vitríolo. Alguns pularam a janela e outros correram para o jardim, mas estava escuro e começava a chover. Em meio aos gritos, a vítima vociferava contra a agressora:

– Foi aquela maldita, Kitty Winter! – praguejou. – Ela vai pagar por isso! Ah, Deus do céu, a dor é maior do que posso aguentar!

Banhei seu rosto em óleo e cobri as superfícies em carne viva com curativos de algodão. Apliquei-lhe, também, uma injeção de morfina. A suspeita que ele nutrira até então sobre minha profissão dissipou-se com o choque, e o barão agarrou minhas mãos como se eu pudesse curar até aqueles olhos de peixe morto que se fixaram em mim. Teria chorado por ele se não me lembrasse claramente da vida infame que levara àqueles acontecimentos. Era terrível sentir suas mãos quentes entre as minhas, e fiquei aliviado quando seu médico pessoal e um especialista chegaram para me substituir. Também apareceu um inspetor de polícia, a quem entreguei meu verdadeiro cartão. Teria sido inútil e tolo continuar com o disfarce, pois eu era quase tão conhecido na Scotland Yard quanto o próprio Sherlock Holmes. Então saí daquela casa imersa em tristeza e horror e, uma hora depois, cheguei ao apartamento da Rua Baker.

Holmes estava sentado em sua poltrona favorita, muito pálido e exausto; além dos machucados, fora afetado emocionalmente pelo ocorrido naquela noite. Ouvia, horrorizado, meu relato sobre a transformação do barão.

– É o preço do vício, Watson, o preço do vício! – ele arrematou. – Cedo ou tarde, tem de ser pago. E Deus sabe que ali havia muito vício – ele acrescentou, pegando um livro marrom de sobre a mesa. – Este

---

[2] Vitríolo: ácido, em especial o sulfúrico.

28   O Cliente Ilustre

é o livro de que a mulher falou. Se isto não acabar com o casamento, nada acabará. Mas vai funcionar, Watson. Nenhuma mulher com um pingo de amor-próprio suportaria isso.

– É o diário amoroso do barão?

– Ou seu diário sensual. Chame-o como quiser. No instante em que a mulher nos contou sobre esse diário, percebi que arma tremenda poderíamos ter nas mãos. Naquele momento, não falei nada que indicasse minha linha de raciocínio, pois a Srta. Kitty Winter poderia ter revelado meus planos. Mas pensei muito a respeito. A agressão que sofri me deu a oportunidade de fazer o barão pensar que não precisava mais se preocupar comigo. Tudo ajudou. Eu teria esperado mais um pouco, mas a viagem que ele faria para a América me apressou. Ele nunca deixaria documento tão comprometedor para trás. Assim, tínhamos de agir imediatamente. Efetuar um roubo, de noite, seria impossível, porque ele toma precauções. Mas haveria uma chance se eu conseguisse distraí-lo. Foi aí que entraram você e o pires. Mas eu precisava descobrir onde estava o livro, e sabia que teria poucos minutos, pois meu tempo seria limitado pelo seu conhecimento de porcelana chinesa. Por isso, no último momento, decidi levar a garota comigo. Como eu poderia adivinhar o que havia naquele embrulhinho que ela carregava com tanto cuidado sob a capa? Pensei que seguiria meu plano, mas parece que ela tinha suas próprias ideias.

– O barão suspeitou que eu estava a seu serviço.

– Receei que ele desconfiasse. Mas você o deteve o suficiente para eu pegar o livro, embora não o suficiente para eu escapar. Ah, *Sir* James, fico feliz que tenha vindo!

Nosso amigo cortês aparecera em resposta a um chamado de Holmes. Com a maior atenção, ouviu o relato que Holmes fez do ocorrido.

– O senhor conseguiu maravilhas! – admirou-se quando a narrativa terminou. – Se as feridas são tão terríveis como o Dr. Watson as descreveu, nosso propósito de impedir o casamento está garantido sem o uso desse diário horrível.

Holmes balançou a cabeça negativamente.

– Mulheres como a Srta. De Merville não agem assim. Ela o amaria ainda mais como um mártir desfigurado. Não, não. É seu lado moral, e não físico, que precisamos destruir. O diário a trará de volta à Terra; não sei que outra coisa o faria. Está escrito com a letra do próprio barão. Ela não tem como ignorá-lo.

Sir James se retirou, levando o livro e o precioso pires. Como também estava atrasado, saí para a rua com ele. Entrou rapidamente

O Cliente Ilustre

em uma carruagem que o esperava, e disparou uma ordem para o cocheiro, que de pronto pôs o carro em movimento. *Sir* James jogou metade de seu sobretudo para fora da janela, de modo que encobrisse o brasão na lateral da carruagem, mas, apesar disso, consegui distingui--lo. Engasguei com a surpresa. Então, voltei e subi a escada até o apartamento de Holmes.

– Descobri quem é nosso cliente – exclamei, exultante com a novidade. – Ora, Holmes, é...

– Um amigo leal e cavalheiresco – interferiu Holmes, levantando a mão. – Deixe que isso seja, para sempre, o suficiente.

Não sei se aquele livro incriminatório foi usado. *Sir* James cuidou desse detalhe. Ou, mais provavelmente, a delicada tarefa foi confiada ao pai da moça. O efeito, de qualquer modo, foi o desejado. Três dias depois, um parágrafo do *The Morning Post* anunciava o cancelamento do casamento entre o Barão Adelbert Gruner e a Srta. Violet De Merville. O mesmo jornal noticiava a primeira audiência do processo contra a Srta. Kitty Winter, pela acusação de agressão grave. As circunstâncias atenuantes apontadas pela defesa conseguiram, como todos lembram, a menor pena possível para o crime. Sherlock Holmes foi ameaçado com um processo de invasão e roubo, mas, quando a causa é digna e o cliente suficientemente ilustre, até a rígida lei britânica torna-se humana e flexível. Meu amigo não se sentou no banco dos réus.

O Soldado Pálido

Esta é a primeira aventura escrita pelo próprio Sherlock Holmes.

EMBORA de inteligência limitada, meu amigo Watson é extraordinariamente obstinado. Durante muito tempo, insistiu para que eu mesmo escrevesse uma de minhas experiências. Talvez eu tenha provocado tal insistência, já que frequentemente o lembro do quão superficiais são seus relatos, e o acuso de ceder ao gosto popular em vez de se confinar rigidamente a fatos e números. "Tente você mesmo!", ele devolve, e sou compelido a admitir que, tendo tomado da pena, percebo que o caso deve ser apresentado de modo que interesse o leitor. O caso que se segue dificilmente não prenderá a atenção de todos, pois está entre os mais estranhos de minha coleção, embora tenha acontecido de Watson não ter nenhuma nota a respeito entre seus registros. Falando do meu velho amigo e biógrafo, aproveito a oportunidade para observar que, se me dou ao trabalho de empregar um companheiro nas minhas pequenas investigações, não o faço por capricho ou sentimentalismo, mas porque Watson é dotado de características notáveis, às quais, devido à modéstia, não dá a merecida atenção, ao mesmo tempo que exagera meu desempenho. Um parceiro que preveja nossas conclusões e o curso da ação é sempre perigoso, mas aquele para quem cada novo ato é uma surpresa, para quem o futuro é um livro fechado é, na verdade, o ajudante ideal.

Vejo, em minhas notas, que, em janeiro de 1903, logo depois da Guerra dos Bôeres, recebi a visita do Sr. James M. Dodd, um bretão encorpado, jovem, bronzeado. O bom Watson havia me trocado por uma esposa, a única ação egoísta que posso associar a ele. Eu estava sozinho.

É meu hábito sentar-me de costas para a janela, colocando o visitante na cadeira em frente, para que a luz o ilumine plenamente.

32   **O Soldado Pálido**

O Sr. James M. Dodd parecia algo perdido quando nossa reunião começou. Não tentei ajudá-lo, pois esse silêncio me proporcionava mais tempo para observá-lo. Eu então já descobrira que era aconselhável impressionar os clientes com uma sensação de poder, de modo que lhe contei algumas de minhas conclusões.

– O senhor vem da África do Sul, pelo que percebo.

– É verdade – respondeu, com certa surpresa.

– Guarda Imperial, imagino.

– Isso mesmo.

– Corpo de Middlesex, sem dúvida.

– Exato. O senhor é um mago.

Sorri diante de sua expressão perplexa.

– Quando um homem de aparência tão viril entra em minha sala, com um bronzeado que o sol da Inglaterra jamais poderia oferecer, e com o lenço na manga, e não no bolso, não é difícil determinar sua origem. Usa a barba curta, revelando que não é do Exército. Tem porte de cavaleiro. Quanto a Middlesex, seu cartão de visita já me informara que é corretor na Rua Throgmorton. Em que outro regimento se alistaria?

– O senhor vê tudo!

– Não vejo mais que o senhor, mas me exercito para reparar naquilo que vejo. Contudo, Sr. Dodd, não foi para discutir a ciência da observação que veio me ver nesta manhã. O que está acontecendo em Tuxbury Old Park?

– Sr. Holmes!...

– Meu caro, não há mistério. O cabeçalho de sua carta indicava essa procedência e, como o senhor marcou a reunião com urgência, ficou claro que algo de inesperado e importante acontecera.

– Muito bem. Mas a carta foi escrita à tarde, e muita coisa aconteceu desde então. Se o Coronel Emsworth não tivesse me chutado...

– Chutado!

– Ora... bem... foi o mesmo que isso. Ele é um osso duro de roer, esse Coronel Emsworth. Em sua época, foi o maior disciplinador do Exército, e eu não o teria aturado se não fosse por Godfrey.

Acendi o cachimbo e me reclinei na poltrona.

– Faça o favor de explicar o que acabou de dizer.

Meu cliente abriu um sorriso malicioso.

– Acho que me acostumei com o senhor descobrindo tudo, sem eu precisar contar – retrucou. – Mas vou lhe narrar os fatos, e espero em Deus que o senhor possa me explicar o que significam. Fiquei a noite toda acordado, torturando meu cérebro, e quanto mais penso, mais inacreditáveis me parecem.

O Soldado Pálido

33

"Quando me alistei, em janeiro de 1901, há apenas dois anos, o jovem Godfrey Emsworth ingressou no mesmo esquadrão. Era o único filho do Coronel Emsworth – condecorado na Guerra da Crimeia – e tinha as batalhas no sangue. Assim, não é de admirar que ele tenha sido voluntário. Não havia rapaz melhor no regimento. Ficamos amigos, e era o tipo de amizade que só nasce entre os que vivem a mesma vida e partilham as mesmas alegrias e tristezas. Ele era meu parceiro, o que significa muito no Exército. Aguentamos juntos durante um ano de luta violenta. Então ele foi atingido por uma bala perto de Diamond Hill, nos arredores de Pretória. Enviou-me uma carta do hospital, na Cidade do Cabo, e outra de Southampton. Desde então, mais nenhuma palavra, Sr. Holmes, por mais de seis meses, sendo que ele é meu melhor amigo.

"Bem, então a guerra acabou e todos voltamos. Escrevi para seu pai perguntando de Godfrey. Não tive resposta. Esperei um pouco e escrevi novamente. Desta vez, recebi uma resposta, curta e grossa: Godfrey embarcara em uma viagem ao redor do mundo e era improvável que voltasse em menos de um ano. Era tudo.

"Aquilo não me convenceu, Sr. Holmes. A coisa não me parecia normal. Ele era um rapaz legal, não teria se esquecido de um amigo daquele jeito. Não era seu modo de agir. Então, soube que Godfrey era o herdeiro de uma grande fortuna e que não se dava muito bem com o pai. O velho, às vezes, era bruto, e o Godfrey tinha muito espírito para aturá-lo. Não, aquilo não me convenceu mesmo, e eu decidi que iria descobrir o que estava acontecendo. Contudo, meus negócios precisavam de muita dedicação, depois de dois anos afastado. Assim, foi só nesta semana que pude retornar à questão. Mas agora quero ir até o fim do caso."

James M. Dodd parecia ser o tipo de pessoa que é melhor ter como amigo que como inimigo. Seus olhos azuis eram firmes, e a mandíbula assumia um aspecto ameaçador quando ele falava.

– E então, o que já fez a respeito? – perguntei a ele.

– Minha primeira providência foi ir até sua residência, Tuxbury Old Park, perto de Bedford, para sentir de perto a situação. Escrevi para a mãe, pois me cansara do pai ranzinza, e fui bastante direto: disse-lhe que Godfrey era meu melhor amigo e que eu desejava contar a ela sobre nossas experiências comuns. Como estaria nas redondezas, perguntei-lhe se faria objeção em me receber, etc. Recebi uma resposta bem amigável, inclusive com convite para pernoitar. Foi assim que apareci lá na segunda-feira.

"Tuxbury Old Hall[3] é inacessível – fica a oito quilômetros do lugar mais próximo. Não havia carruagem na estação. Então tive de

---

[3] Parece haver uma confusão quanto a esses nomes, mas Tuxbury Old Park é o nome da propriedade enquanto Tuxbury Old Hall refere-se à casa.

34   O Soldado Pálido

andar, carregando minha bagagem, e só cheguei ao escurecer. É uma casa grande, dentro de um parque considerável. Pelo que pude avaliar, ela tem resquícios de todas as épocas e estilos, começando pela fundação de madeira elisabetana e terminando pelo pórtico vitoriano. No interior, as paredes são cobertas de madeira trabalhada e pinturas semidesbotadas; é uma casa de mistério e sombras. Há um velho mordomo, Ralph, que parece tão antigo quanto a casa. Vive lá também sua mulher, talvez ainda mais velha. Ela fora a enfermeira de Godfrey, e ele me falara que gostava dela quase tanto quanto de sua mãe. Assim, gostei dela imediatamente, apesar de sua aparência estranha. Também gostei da mãe – gentil, pequenina, pálida. Foi somente com o coronel que tive problemas.

"Tivemos uma rusga assim que cheguei, e eu teria voltado para a estação se não sentisse que, assim, estaria fazendo o jogo dele. Logo fui conduzido ao escritório do coronel: um homem enorme, corcunda, de pele leitosa e barba grisalha, sentado atrás de uma escrivaninha entulhada. O nariz vermelho projeta-se de seu rosto como o bico de um urubu, e os olhos inamistosos chispam sob as sobrancelhas espessas. Pude entender, então, por que Godfrey raramente falava do pai.

" 'Bem, meu senhor', ele inquiriu com voz rascante, gostaria de saber a verdadeira razão de sua visita.'

"Respondi que já havia me explicado em carta à sua mulher.

" 'Sei, sei. O senhor disse que conheceu Godfrey na África. Mas só temos a sua palavra quanto a isso.'

" 'Trago comigo cartas que Godfrey escreveu.'

" 'Por favor, deixe-me vê-las.'

"Ele examinou as duas que lhe entreguei, e depois as devolveu.

" 'Bem, e então?', perguntou.

" 'Eu gostava muito de seu filho. Muitas lembranças nos unem. Não é natural que eu me espante com seu silêncio repentino e deseje saber o que lhe aconteceu?'

" 'Lembro-me vagamente, meu senhor, de já ter-lhe escrito sobre o que aconteceu com ele. Godfrey embarcou em uma viagem ao redor do mundo. Sua saúde estava muito ruim depois da passagem pela África. Eu e a mãe de Godfrey achamos que, para uma recuperação completa, seria melhor uma mudança de ares. Faça o favor de dar essa explicação a outros amigos que por ventura estejam interessados no assunto.'

" 'Perfeitamente', respondi. 'Mas será que o senhor poderia fazer a gentileza de fornecer o nome do vapor e da linha pelas quais Godfrey

O Soldado Pálido

viaja, junto com a data de partida? Tenho certeza de que conseguirei fazer uma carta chegar até ele.'

"Meu pedido intrigou e também irritou o anfitrião. Suas grandes sobrancelhas fecharam-se sobre os olhos, e ele começou a tamborilar os dedos impacientemente sobre a mesa. Afinal, olhou-me como o jogador de xadrez que vê o adversário fazer um movimento perigoso e decide reagir.

" 'Sr. Dodd, muitas pessoas se ofenderiam com sua maldita teimosia, e acreditariam que sua insistência já chegou às raias da impertinência!'

" 'O senhor pode ser mais condescendente, coronel, pelo verdadeiro afeto que tenho por seu filho.'

" 'Exatamente. Já fiz todas as concessões por conta disso. Devo lhe pedir, contudo, que pare com as perguntas. Toda família tem seus motivos e seus problemas, que nem sempre podem ser expostos a estranhos. Minha esposa está ansiosa para ouvir as histórias do passado de Godfrey que o senhor diz poder contar, mas lhe peço que deixe de lado o presente e o futuro. Esses questionamentos são inúteis e nos colocam em posição difícil e delicada.'"

– Assim, me vi em um beco sem saída, Sr. Holmes. Não havia o que fazer. Só pude fingir que aceitava a situação enquanto prometia, interiormente, que jamais descansaria até esclarecer o destino de meu amigo. A noite estava fria. Jantamos em silêncio, nós três, na sala em penumbra. A mulher estava ansiosa para saber do filho, mas o velho me pareceu deprimido e aborrecido. Fiquei tão entediado com a situação que dei uma desculpa assim que foi possível e me recolhi ao quarto. Era um aposento no térreo, amplo, parcamente mobiliado e tão escuro quanto o restante da casa. Mas, depois de um ano dormindo na savana, deixa-se de ser exigente quanto às acomodações. Abri a cortina e, olhando para o jardim, apreciei a beleza daquela noite de meia-lua brilhante. Depois, sentei-me junto à lareira, posicionando a luminária na mesinha ao lado, e tentei me distrair lendo um romance. Contudo, fui interrompido por Ralph, o velho mordomo, que chegou com um balde de carvão.

" 'Pensei que o senhor poderia ficar sem carvão durante a noite. O tempo não está bom, e esses quartos são muito frios.'

"Ele hesitou para sair. Quando ergui os olhos, Ralph estava parado, olhando para mim com uma expressão pensativa no rosto enrugado.

" 'Desculpe-me, mas não pude deixar de ouvir o que o senhor contou sobre o jovem patrão Godfrey durante o jantar. Como sabe, minha esposa cuidou dele, de modo que me sinto um pouco como

36   O Soldado Pálido

pai. É natural que eu me interesse. O senhor disse que ele se saía bem na África?'

" 'Era o homem mais corajoso do regimento. Certa vez, livrou-me do fogo dos bôeres; se não fosse por ele, eu não estaria aqui.'

"O velho mordomo esfregou as mãos, satisfeito.

" 'Sim, senhor, esse é o próprio patrão Godfrey. Sempre foi corajoso. Não há uma só árvore no parque em que não tenha subido. Nada poderia detê-lo. Era um ótimo garoto, sim senhor! Um ótimo homem!'

"Pus-me de pé em um salto.

" 'Escute aqui!', exclamei, 'você disse que ele era. Fala dele como se estivesse morto. Que mistério é esse? O que aconteceu com Godfrey Emsworth?'

"Agarrei o velho pelos ombros, mas ele se afastou.

" 'Não sei o que o senhor quer dizer. Pergunte ao patrão sobre o Sr. Godfrey. Ele sabe de tudo. Eu não devo me meter.'

"Ele quis sair do quarto, mas novamente o segurei.

" 'Ouça', eu disse, 'você vai me responder uma pergunta antes de sair ou vou segurá-lo aqui durante toda a noite. Godfrey está morto?'

"Ele não conseguiu me encarar. Parecia hipnotizado. A resposta saiu a muito custo. E era inesperada e terrível:

" 'Antes estivesse!', clamou o mordomo e, soltando-se de mim, correu para fora do quarto.

"Pode imaginar, Sr. Holmes, que não voltei muito tranquilo para minha poltrona. O que o velho mordomo sugerira só podia significar uma coisa. Era óbvio que meu pobre amigo tornara-se um criminoso, ou, no mínimo, fizera algo de vergonhoso, que desonrara a família. Seu pai, muito severo, mandara-o embora, escondendo--o do mundo para evitar escândalos. Godfrey era um destemido, é verdade, mas fácil de ser influenciado pelos amigos. Provavelmente arrumara más companhias, que o levaram à perdição. Mas era meu dever, apesar de tudo, procurá-lo e tentar ajudá-lo. Desesperado, eu ponderava a situação quando ergui os olhos e vi Godfrey Emsworth à minha frente."

Meu cliente fez uma pausa, profundamente emocionado.

– Por favor, continue – solicitei –, seu problema apresenta características muito peculiares.

– Ele estava do outro lado da janela, Sr. Holmes, com o rosto pressionado contra o vidro. Já lhe contei que, antes, abrira parcialmente a cortina para observar a noite. A figura de Godfrey aparecia por essa fenda. A janela estendia-se até o chão, de modo que pude vê-lo por

O Soldado Pálido   37

inteiro, mas foi seu rosto que me espantou. Ele estava mortalmente pálido; nunca vira homem tão branco. Imagino que essa seja a aparência de um fantasma, mas seus olhos procuraram os meus, e eram os olhos de alguém vivo. Ao perceber que o tinha visto, pulou para trás e desapareceu na escuridão.

"Fiquei muito chocado com aquela visão, Sr. Holmes. Não era apenas o rosto fantasmagórico, que brilhava como a lua na noite escura. Era algo mais sutil; havia certa clandestinidade, certa culpa em sua figura – completamente diversa da do homem franco e honrado que conheci. Aquilo me deixou horrorizado.

"Mas quando um homem passa dois anos lutando contra os bôeres, aprende a controlar os nervos e a agir rapidamente. Godfrey mal sumira e eu já estava na janela. O fecho era estranho e demorei um pouco para abri-lo. Quando finalmente o consegui, saí para o jardim e corri em direção à alameda pela qual imaginava ter ele seguido.

"Era uma alameda comprida e não havia muita luz, mas me pareceu que algo se movia à minha frente. Corri e chamei-o pelo nome, mas não adiantou. Quando cheguei ao final da alameda, outras se abriam em diferentes direções, levando a dependências diversas da propriedade. Enquanto hesitava, ouvi o som distinto de uma porta se fechando. E não era atrás de mim, na casa principal, mas à frente, em algum lugar naquela escuridão. Aquilo foi o bastante, Sr. Holmes, para me convencer de que eu não tivera uma visão. Godfrey fugira de mim e fechara uma porta atrás de si. Tive certeza disso.

"Não havia mais nada que eu pudesse fazer. Passei a noite em claro remoendo o assunto, tentando construir uma teoria que explicasse os fatos. No dia seguinte, encontrei o coronel mais afável. Sua esposa observou que havia lugares interessantes nas vizinhanças, o que me deu abertura para perguntar se minha presença na casa por mais uma noite seria inconveniente. Relutante, o velho concordou em que eu ficasse, e eu tive mais um dia para fazer minhas observações. Eu já me convencera de que Godfrey estava se escondendo em algum lugar próximo, mas precisava descobrir onde e por que.

"A casa principal era tão grande e confusa que um regimento inteiro poderia se esconder dentro dela sem que ninguém o soubesse. Se o segredo estivesse ali, seria muito difícil desvendá-lo. Mas a porta que eu ouvira se fechar não era da casa. Eu precisava explorar o jardim e ver o que conseguia descobrir. Não haveria dificuldade, pois os velhos tinham seus afazeres e me deixaram à vontade.

38 O Soldado Pálido

"Existiam diversas dependências externas, mas, na extremidade do jardim, havia uma edificação à parte, grande o suficiente para servir de residência a um jardineiro ou a um guarda-caça. Será que o som da porta viera dali? Aproximei-me dela fingindo casualidade, como se estivesse andando a esmo. Naquele momento um homem baixo, de barba, vestindo casaco preto e chapéu-coco – que em nada lembrava um jardineiro – saiu pela porta. Para minha surpresa, fechou-a à chave, a qual guardou no bolso. Então me encarou, surpreso.

" 'O senhor é um visitante?', indagou.

"Disse-lhe que sim e que era amigo de Godfrey.

" 'Que pena ele estar viajando, pois gostaria de me ver', continuei.

" 'Exatamente. Isso mesmo', ele redarguiu, com ar decididamente culpado. 'Espero que repita a visita em ocasião mais propícia.'

"Continuou seu caminho, mas, quando me virei, percebi que me observava, escondido atrás dos arbustos de louro na outra extremidade do jardim.

"Observei atentamente a casinha enquanto passava por ela, mas as janelas tinham cortinas pesadas e, até onde pude ver, estava vazia. Se eu fosse muito audacioso, poderia comprometer meu jogo e até ser expulso da propriedade, pois sabia que estava sendo observado. Portanto, voltei para a casa principal e esperei a noite cair para continuar minha investigação. Quando toda a casa estava às escuras e em silêncio, escapuli pela janela e fui, o mais silenciosamente possível, até a misteriosa casinha.

"Disse que as cortinas eram pesadas, mas, à noite, as venezianas também estavam cerradas. Contudo, um pouco de luz escapava por uma das janelas, na qual concentrei minha atenção. Tive sorte, porque a cortina não estava totalmente fechada, e uma fenda na veneziana permitia ver o interior. O lugar parecia confortável; bem iluminado e aquecido por lareira. Em frente à janela, estava sentado o homenzinho que eu vira de manhã. Fumava um cachimbo e lia o jornal."

– Qual jornal? – interrompi.

Meu cliente pareceu se aborrecer com a interrupção de sua narrativa.

– Isso importa? – retrucou.

– É essencial.

– Realmente, não reparei.

– Talvez saiba dizer se era de tamanho padrão, maior ou menor, parecido com um semanal.

O Soldado Pálido

– Agora que o senhor disse, lembro-me de que não era grande. Talvez fosse *The Spectator*. Contudo, não pude dar muita atenção aos detalhes, pois outro homem estava sentado, de costas para a janela, e eu podia jurar que era Godfrey. Não conseguia enxergar o rosto, mas a curva dos ombros me era muito familiar. Voltado para a lareira, ele se apoiava no cotovelo, numa atitude melancólica. Eu hesitava quanto a que fazer quando senti um tapa forte em meu ombro, e lá estava o Coronel Emsworth, ao meu lado.

" 'Siga-me, senhor!', ordenou em voz baixa. Tomou a direção da casa e eu o segui até meu quarto. O coronel pegara uma tabela de horários no vestíbulo. 'Há um trem para Londres às oito e meia da manhã', ele disse, 'a carruagem estará à porta às oito.'

"Ele estava lívido de raiva e, na verdade, eu me encontrava em posição tão delicada que só pude gaguejar algumas palavras incoerentes, tentando me desculpar pela ansiedade de encontrar meu amigo.

" 'Isso não está em discussão', ele interrompeu, abrupto. 'O senhor invadiu a intimidade desta família. Entrou aqui como hóspede e portou-se como um espião. Nada mais tenho a lhe dizer, meu senhor, a não ser que nunca mais quero vê-lo.'

"Aí, perdi a paciência, Sr. Holmes, e falei com certa raiva:

" 'Eu vi seu filho, e sei que, por algum motivo, o senhor o está escondendo do mundo. Não tenho ideia das razões que possa ter para isolá-lo dessa forma, mas tenho certeza de que ele não é mais uma pessoa livre. Vou avisá-lo, Coronel Emsworth, de que até me certificar da segurança e do bem-estar de meu amigo, não desistirei de chegar à raiz desse mistério, e não serei intimidado por nada que o senhor diga ou faça.'

"O velho assumiu uma expressão diabólica, e cheguei a pensar que me atacaria. Disse-lhe que era muito grande e que, embora eu não fosse nenhum fracote, poderia ter dificuldade para me defender contra ele. Contudo, depois de me encarar com muita raiva, fez meia-volta e saiu do quarto. Quanto a mim, de manhã tomei o trem determinado, decidido a vir procurá-lo e a pedir seu aconselhamento e sua assistência."

Esse foi o caso que meu visitante expôs. Como o leitor astuto já percebeu, o problema quase não oferecia dificuldade para sua solução, pois poucas eram as alternativas para se chegar às causas. De qualquer modo, ainda que fosse elementar, o caso apresentava alguns pontos de interesse e certas novidades que justificavam incluí-lo neste registro. Prossegui, adotando meu conhecido método de análise lógica para filtrar as soluções possíveis.

40   O Soldado Pálido

– Os criados – perguntei –, quantos são na casa?

– Pelo que sei, apenas o velho mordomo e sua mulher. Os Emsworth parecem viver com muita simplicidade.

– A casinha externa, portanto, não tinha criado?

– Não, a menos que o homenzinho cumprisse essa função. Contudo, ele não agia como criado.

– Isso me parece muito sugestivo. Percebeu algum indício de que se leva comida de uma casa à outra?

– Agora que falou, realmente vi Ralph carregando uma cesta pelo jardim, indo em direção à casinha. A ideia de que fosse comida não me ocorreu no momento.

– O senhor fez alguma investigação nas redondezas?

– Fiz. Conversei com o chefe da estação e também com o estalajadeiro. Perguntei-lhes, simplesmente, se sabiam alguma coisa sobre meu velho amigo, Godfrey Emsworth. Os dois me garantiram que ele partira numa viagem ao redor do mundo. Disseram que, certa vez, Godfrey retornara para casa, mas logo saíra novamente.

– Revelou a eles algo de suas suspeitas?

– Nada.

– Muito inteligente de sua parte. Esse caso precisa ser investigado. Irei com o senhor a Tuxbury Old Park.

– Hoje?

Acontece que, na ocasião, eu estava esclarecendo o caso da Escola Abbey, já relatado por Watson, no qual o Duque de Greyminster estava profundamente envolvido. Também fora chamado pelo sultão da Turquia, que exigia ação imediata, pois consequências políticas as mais graves poderiam advir. Portanto, não me foi possível, de acordo com as anotações de meu diário, iniciar minha missão em Bedfordshire, na companhia de James M. Dodd, antes do começo da semana seguinte. Ao nos dirigirmos para Euston, juntou-se a nós um cavalheiro de aspecto grave e taciturno, com quem eu já havia me entendido anteriormente.

– Este é um velho amigo – apresentei-o a James Dodd. – Talvez a presença dele seja totalmente desnecessária. Talvez seja essencial. Mas, no momento, não precisamos pensar muito nisso.

As narrativas de Watson já acostumaram o leitor ao fato de que não desperdiço palavras revelando meus pensamentos enquanto o caso está em curso. Dodd ficou surpreso, mas permanecemos em silêncio durante toda a jornada. No trem, fiz uma pergunta a Dodd cuja resposta desejava que nosso acompanhante ouvisse.

– O senhor disse que viu claramente o rosto de seu amigo pela janela, tão claramente que tem certeza de sua identidade?

O Soldado Pálido

– Não tenho dúvida quanto a isso. Seu nariz estava pressionado contra o vidro. A luz do quarto iluminava-o perfeitamente.

– Não poderia ser alguém parecido com ele?

– Não, não. Era ele mesmo.

– Mas o senhor disse que ele estava diferente?

– Apenas a cor. Seu rosto estava... como posso descrever? Estava mais branco que barriga de peixe. Parecia desbotado.

– A palidez era uniforme?

– Acho que não. Foi a testa que vi melhor quando pressionada contra o vidro.

– O senhor o chamou?

– Naquele momento, eu estava horrorizado e quase em choque. Então, fui atrás dele, como já lhe contei, mas sem sucesso.

Meu caso estava praticamente solucionado, eu só precisava de mais um detalhe para concluí-lo. Quando, após um percurso considerável de carruagem, chegamos à sombria e estranha casa que meu cliente descrevera, foi Ralph, o velho mordomo, quem abriu a porta. Eu alugara a carruagem por todo o dia e pedi a meu amigo incógnito que permanecesse dentro dela até que fosse chamado. Ralph, um velhinho enrugado, usava o tradicional casaco preto com calças risca de giz, com apenas uma variante curiosa: luvas de couro marrom, as quais tirou assim que nos viu, deixando-as sobre a mesa do vestíbulo quando passamos. Como meu amigo Watson já mencionou em outras ocasiões, possuo um conjunto de sentidos anormalmente agudo, que me permitiu sentir um odor fraco mas incisivo. Pareceu-me que vinha da mesma mesa do vestíbulo. Virei-me, coloquei o chapéu sobre a mesa, derrubando-o em seguida e abaixando-me para pegá-lo, o que levou meu nariz a trinta centímetros das luvas. Sem dúvida, era delas que vinha aquele estranho odor de alcatrão. Dirigi-me ao escritório já com o caso solucionado. Ora essa! Tendo de expor meu método quando sou eu mesmo a contar a história! Afinal, é ocultando certos elos da cadeia que Watson consegue produzir desfechos tão sensacionais.

O Coronel Emsworth não estava no escritório, mas veio rapidamente assim que foi avisado por Ralph. Ouvimos seu passo pesado e apressado pelo corredor. A porta foi escancarada e ele irrompeu na sala, com a barba pontuda e as feições retorcidas, mostrando o velho mais terrível que eu já vira. Ele estava com nossos cartões, os quais rasgou e jogou no chão, pisoteando os fragmentos.

– Já não lhe ordenei, seu maldito enxerido, para ficar longe da minha propriedade?! Nunca mais ouse mostrar sua cara nojenta por

42   **O Soldado Pálido**

aqui. Se entrar novamente sem minha permissão, estarei no meu direito de usar de violência. Vou atirar contra o senhor! Por Deus, vou atirar! Quanto ao senhor – ele se dirigiu a mim –, o aviso também é válido. Conheço sua profissão ignóbil, mas espalhe seus supostos talentos em outro lugar. Aqui não terá abertura para atuar.

– Não posso ir embora – protestou meu cliente com firmeza – até ouvir do próprio Godfrey que ele não está sendo mantido prisioneiro.

Nosso contrariado anfitrião tocou a sineta.

– Ralph – ordenou –, telefone para a polícia e peça ao inspetor para enviar dois policiais. Diga-lhe que há invasores na casa.

– Um momento – eu interrompi. – O senhor precisa concordar, Sr. Dodd, que o Coronel Emsworth está no seu direito, e nós não temos razão legal dentro da casa dele. Por outro lado, ele deve reconhecer que nossa ação é inteiramente motivada por interesse em seu filho. Arrisco dizer que, se me forem permitidos cinco minutos de conversa com o coronel, ele vai mudar seu ponto de vista.

– Eu não mudo tão facilmente – reagiu o velho soldado. – Ralph, o que lhe mandei fazer? Que diabos está esperando? Chame a polícia!

– Nada disso – eu falei, bloqueando a porta. – Qualquer interferência da polícia vai precipitar a própria catástrofe que o senhor teme – peguei minha caderneta e escrevi uma palavra em uma folha que arranquei. – Isto – disse, entregando a folha ao coronel – é o que nos trouxe aqui.

Ele olhou para o papel com uma expressão da qual tudo sumira, menos espanto.

– Como o senhor sabe? – ele engasgou, caindo pesadamente sobre a cadeira.

– Minha profissão é saber das coisas. É o que faço.

Ele permaneceu alguns instantes refletindo, com a mão magra coçando a barba revolta. Depois, fez um gesto de resignação.

– Bem, se desejam ver Godfrey, podem ir. Não posso fazer nada, os senhores me forçaram. Ralph, diga ao Sr. Godfrey e ao Sr. Kent que, em cinco minutos, estaremos com eles.

Ao fim desse tempo, atravessamos a alameda do jardim e nos vimos diante da casinha misteriosa. Um homem baixo, barbado, estava parado à porta, com uma considerável expressão de espanto.

– Isto é muito repentino, Coronel Emsworth – alegou. – Vai estragar nossos planos.

– Não posso fazer nada, Sr. Kent. Estamos sendo forçados. Godfrey pode nos receber?

44   O Soldado Pálido

– Sim, ele está esperando lá dentro – o homenzinho se virou e nos conduziu a um aposento amplo, decorado com discrição.

À frente da lareira estava, em pé, um homem cuja visão fez meu cliente precipitar-se para a frente, estendendo os braços.

– Ora, Godfrey, meu velho, que ótimo vê-lo!

Mas o outro afastou-o com um gesto.

– Não me toque, Jimmie. Mantenha distância. Isso mesmo, faz bem em ficar assustado. Não pareço mais o elegante Cabo Emsworth do Esquadrão B, pareço?

Sua aparência era com certeza extraordinária. Podia-se perceber que fora um homem atraente, de feições bem proporcionadas e bronzeadas pelo sol africano, mas, sobre a pele escura, espalhavam-se em manchas pintas esbranquiçadas.

– É por isso que não gosto de visitantes – explicou-se. – Não me importo com você, Jimmie, mas seu amigo não precisava ter vindo. Suponho que exista uma boa razão para isso, mas não estou em boas condições.

– Eu queria me certificar de que tudo está bem com você, Godfrey. Eu o vi naquela noite em que espiou através da janela, e não pude me tranquilizar até esclarecer tudo.

– O velho Ralph me contou que você estava lá, e eu não resisti à tentação de dar uma olhada. Contudo, preferia que não tivesse me visto; por isso corri para meu esconderijo quando ouvi a janela se abrir.

– Mas, em nome de Deus, qual é afinal o problema?

– Bem, a história não é muito longa – ele respondeu, acendendo um cigarro. – Lembra-se daquela escaramuça em Buffelsspruit, perto de Pretória, na ferrovia oriental? Soube que eu fui ferido?

– Soube, mas não dos detalhes.

– Três de nós nos desgarramos dos outros. Era um terreno muito irregular, como provavelmente você lembra. Havia o Simpson, sujeito que preferia ser chamado Careca, o Anderson e eu. Estávamos nos livrando de um bôer, mas ele se atirou ao chão e conseguiu nos pegar. Os outros dois foram mortos. Eu levei um balaço no ombro, mas continuei em meu cavalo, que galopou diversos quilômetros antes que eu desmaiasse e caísse da sela.

"Quando recobrei a consciência, estava anoitecendo. Levantei-me, sentindo-me muito fraco e doente. Para minha surpresa, havia uma casa ao lado; uma casa grande, com varanda ampla e muitas janelas. Fazia um frio de matar. Você deve se lembrar do frio paralisante que chegava com a noite, muito diferente da friagem estimulante, saudável. Bem, eu sentia os ossos congelados, e minha única esperança

O Soldado Pálido

era chegar àquela casa. Firmei-me de pé e arrastei-me até lá, sem ter muito a consciência do que fazia. Lembro-me vagamente de subir os degraus com dificuldade, de passar pela porta larga, entrando em um aposento grande mobiliado com várias camas, e de me jogar em um dos leitos, gemendo de satisfação. A cama estava desfeita, mas aquilo não me importou. Puxei as cobertas por sobre meu corpo trêmulo e logo dormia profundamente.

"Acordei de manhã, e me pareceu que, em vez de despertar recuperado, fora parar dentro de um pesadelo extraordinário. O sol africano inundava o quarto, passando pelas enormes janelas sem cortinas e revelando todos os detalhes do dormitório. À minha frente, estava um homem pequeno, como um anão, mas com a cabeça enorme. Agitado, pronunciava palavras em holandês, balançando duas mãos horríveis, que me pareciam esponjas marrons. Atrás dele, estava um grupo de pessoas que, aparentemente, divertia-se muito com a situação. Mas um arrepio me percorreu o corpo quando reparei neles. Todos eram estranhamente retorcidos, inchados ou desfigurados. O riso daquelas amedrontadoras monstruosidades era algo terrível de ouvir.

"Tive a impressão de que nenhum deles sabia falar inglês, mas a situação precisava ser esclarecida, pois aquela criatura ficava cada vez mais furiosa, emitindo gritos bestiais, até que me agarrou, com as mãos deformadas, e começou a me puxar para fora da cama, apesar de meu ferimento ter reaberto e do sangue ter voltado a jorrar. O monstrinho era forte como um touro, e não sei o que poderia ter feito se não fosse um senhor, que evidentemente era a autoridade ali, ter sido atraído para o quarto pela confusão. Ele disse algumas palavras de repreensão em holandês, e meu agressor se afastou. Então, o homem se voltou para mim, olhando-me em completo estarrecimento.

" 'Como o senhor veio parar aqui?', perguntou. 'Vejo que está cansado e que o ombro ferido precisa de tratamento. Sou médico, logo vou cuidar do senhor. Mas, homem de Deus! Está correndo mais risco aqui do que no campo de batalha. O senhor está no Hospital de Leprosos, e dormiu na cama de um deles.'

"Preciso contar mais, Jimmie? Com a proximidade da batalha, aquelas pobres criaturas haviam sido retiradas dali no dia anterior. Mas, com o avanço das tropas britânicas, voltaram, junto com aquele supervisor. O médico confessou que, embora se acreditasse imune à doença, jamais ousaria fazer o que fiz. Alojou-me em um quarto particular, tratou de mim e, em pouco mais de uma semana, fui transferido para um hospital geral em Pretória.

"Essa é minha tragédia. Procurei ter esperança, mas, depois que cheguei à casa de meus pais, apareceram os terríveis sinais que você pode ver no meu rosto. O que eu devia fazer? Fiquei nesta casa solitária. Podíamos confiar plenamente nos dois criados. Sob juramento de segredo, o Sr. Kent, que é médico, veio ficar comigo. Pareceu um plano simples. A alternativa era terrível: viver o resto da vida segregado em meio a estranhos, sem esperança de escapar. Mas segredo absoluto se faz necessário ou, mesmo nesta vila tranquila, poderia ocorrer revolta, e eu seria arrastado ao meu terrível destino. Mesmo você, Jimmie, tinha de ser deixado no escuro. Só não consigo imaginar por que meu pai afrouxou."

O Coronel Emsworth apontou para mim.

– Foi este cavalheiro que me forçou – respondeu o coronel, desdobrando a folha de papel em que eu escrevera a palavra "lepra". – Já que ele sabia demais, pareceu-me mais seguro fazê-lo saber de tudo.

– Isso mesmo – arrematei. – Mas, quem sabe, não foi melhor assim? Pelo que entendi, apenas o Sr. Kent atende o paciente. Permite-me perguntar, meu senhor, se é especialista na doença, que, como sabemos, é de natureza tropical ou subtropical?

– Tenho o conhecimento comum a todos os médicos formados – Kent respondeu, com certo constrangimento.

– Não tenho dúvida de que seja perfeitamente capaz, mas sei que o senhor concordará que, em um caso como este, uma segunda opinião é muito importante. Os senhores têm evitado isso, imagino, por temer que outro médico os pressione a enviar o paciente para uma colônia de leprosos.

– É isso mesmo – confirmou o Coronel Emsworth.

– É o que eu imaginava – expliquei. – Por isso, trouxe um amigo em cuja discrição podemos confiar plenamente. Pude servi-lo como profissional, certa vez, e ele está pronto a nos aconselhar como amigo, antes que como especialista. Trata-se de *Sir* James Saunders.

A promessa de uma entrevista com a rainha não teria provocado mais espanto e prazer no Sr. Kent.

– Ficarei muito satisfeito em conhecê-lo – ele murmurou.

– Então, vamos pedir a *Sir* James que venha para cá. Ele está na carruagem, lá fora. Enquanto isso, Coronel Emsworth, talvez possamos nos reunir em seu escritório, onde poderei lhe fornecer as informações necessárias.

E é nesse ponto que sinto falta do meu Watson. Com perguntas astutas e exclamações de assombro, ele consegue elevar minha simples

O Soldado Pálido 47

arte, que nada é além de bom senso sistematizado, à categoria de pro-dígio. Quando estou eu mesmo a contar meus feitos, não disponho de tal recurso. De qualquer modo, vou expor minha linha de raciocínio, da mesma forma que o fiz a meu pequeno público, que incluía a mãe de Godfrey, no escritório do Coronel Emsworth.

– Meu raciocínio – eu disse – começa com a suposição de que, quando se elimina tudo o que é impossível, aquilo que sobra, ainda que improvável, deve ser a verdade. Pode ser que diversas explicações resistam; nesse caso, devem ser todas testadas até que uma delas se apresente como alternativa única. Vamos aplicar esse princípio ao caso em questão. Da forma como me foi apresentado, havia três explicações possíveis para o isolamento deste cavalheiro em uma casa na propriedade de seu pai. Ele poderia estar se escondendo por ter cometido um crime, ou por estar louco e a família desejar evitar a internação em um hospício ou, ainda, por estar com alguma doen-ça que exigisse isolamento. Não consegui pensar em outra solução mais adequada. As restantes tinham, então, de ser ponderadas, uma em relação às outras.

"A hipótese de crime não se sustentava. Não havia nenhum crime não solucionado neste distrito. Certifiquei-me disso. Se fosse um crime ainda não descoberto, a família procuraria se livrar do delinquente, enviando-o para o estrangeiro, em vez de mantê-lo escondido em casa, a qual seria uma conduta inexplicável.

"Insanidade mental era mais plausível. A presença de uma se-gunda pessoa na casinha sugeria um guardião. O fato de ele trancar a porta ao sair reforçava a suposição e sugeria confinamento. Por outro lado, o confinamento não se mostrava tão severo ou o jovem não teria podido sair para espiar seu amigo durante a noite. Lembre--se, Sr. Dodd, de que aparei as arestas fazendo-lhe perguntas, por exemplo, sobre o jornal que o Sr. Kent estava lendo. Se fosse *The Lancet* ou *The British Medical Journal* teria me ajudado. Não é ilegal, contudo, manter um lunático em instalações particulares, desde que haja uma pessoa qualificada para atendê-lo e de que as autoridades tenham sido notificadas do fato. Por que, então, esse desejo desesperado de segredo? Mais uma vez, não consegui que a hipótese explicasse os fatos.

"Restava a terceira possibilidade. Esta, ainda que incomum e improvável, comportava todos os fatos. Lepra não é rara na África do Sul. Por alguma infelicidade extraordinária, este jovem poderia tê-la contraído. Sua família estaria em péssima situação, já que desejava evitar seu afastamento e segregação. Sigilo total seria necessário para evitar rumores e subsequente interferência das autoridades.

48   O Soldado Pálido

Um médico dedicado, devidamente remunerado, seria contratado para cuidar do enfermo. Não haveria razão, ainda, para que o jovem fosse impedido de sair depois de escurecer. Manchas na pele são comuns nessa doença. A explicação era consistente. Tão consistente que resolvi agir como se estivesse comprovada. Ao chegar aqui, reparei que Ralph, que serve as refeições, usava luvas impregnadas de desinfetante. Aí, minhas últimas dúvidas se dissiparam. Uma única palavra mostrou-lhe, coronel, que o segredo fora descoberto. Eu a escrevi no papel, em vez de dizê-la, para mostrar-lhe que podia confiar na minha discrição."

Eu terminava essa pequena exposição da investigação quando a porta foi aberta e entrou no escritório a figura austera do grande dermatologista. Mas ele relaxou as enigmáticas feições, e o calor humano apareceu em seus olhos. *Sir* James foi até o coronel e lhe apertou a mão.

– Minha função é, via de regra, dar más notícias; raramente sou portador de boas-novas – ele disse. – Esta ocasião é das mais raras. Não é lepra.

– Quê?

– Um caso bem definido de falsa lepra, ou ictiose, uma afecção da pele. Tem mau aspecto, é persistente, mas curável e certamente não infecciosa. Sim, Sr. Holmes, é uma coincidência formidável. Mas será coincidência? Existem forças sutis em ação das quais pouco sabemos. Será que o temor que este jovem, sem dúvida, sofreu após sua exposição ao contágio não lhe produziu um efeito físico semelhante ao da doença? De qualquer modo, empenho minha reputação profissional... Mas a Sra. Emsworth desmaiou! Acho que é melhor o Sr. Kent cuidar dela até que se recupere desse bem-vindo choque.

A Juba de Leão

É DE FATO notável que um problema tão profundo e incomum – tão difícil quanto os mais difíceis que enfrentei em minha longa carreira profissional – tenha surgido após minha aposentadoria e, literalmente, à porta de casa. Tudo aconteceu depois que me retirei para a casinha em Sussex, onde me entreguei à relaxante vida na natureza, algo que almejei com frequência durante os longos anos de imersão na melancolia londrina. Nesse período, eu quase não tinha contato com o bom e velho Watson. Encontrávamo-nos eventualmente, em alguma visita de fim de semana. Por isso, preciso atuar como meu próprio biógrafo. Ah! Se ele estivesse comigo, o que poderia ter feito com acontecimento tão fascinante e com meu triunfo final contra todas as dificuldades! Contudo, preciso contar minha história do meu jeito, mostrando cada etapa da senda que trilhei ao investigar o mistério da Juba de Leão.

Minha propriedade situa-se na encosta sul dos Downs, de onde desfruto a magnífica vista do Canal da Mancha. Nesse local, a costa é inteiramente composta de penhascos de greda, de onde se pode descer até o mar através de um único caminho – longo e tortuoso, íngreme e escorregadio. Ao pé desse caminho, encontram-se cem metros de cascalho e pedras, mesmo com maré alta. Em um ponto e outro, contudo, existem curvas e buracos, que formam piscinas esplêndidas, cuja água é renovada a cada cheia. Essa praia notável estende-se por diversos quilômetros em ambas as direções, a não ser no ponto onde a baía e a vila de Fulworth a interrompem.

Minha casa é isolada. Eu, a velha caseira e minhas abelhas temos toda a propriedade apenas para nós. A menos de um quilômetro, fica o conhecido estabelecimento de ensino de Harold Stackhurst, As Empenas [4]. É um lugar amplo, frequentado por um grande número de jovens que se prepara para várias profissões, orientados por um

---

[4] Empena: nome que se dá, em arquitetura, à parte superior de uma parede, nos telhados de duas águas, com a forma de triângulo isóscele.

50   **A Juba de Leão**

corpo docente também numeroso. Stackhurst fora campeão de remo na juventude e era notável erudito. Fiz amizade com ele desde meu primeiro dia no litoral, sendo ele o único na região com quem eu mantinha um relacionamento que nos permitia visitar um ao outro sem convite.

Perto do final de julho de 1907, houve uma violenta tempestade. O vento forte agitou o Canal, impelindo o mar contra a base dos penhascos e deixando uma lagoa quando a maré baixou. Na manhã de que estou falando, o vento amainara e toda a natureza parecia limpa e renovada. Era impossível trabalhar em dia tão delicioso, de modo que resolvi passear antes do café da manhã para desfrutar aquele ar inigualável. Tomei o caminho do penhasco que levava àquela íngreme descida até a praia. Enquanto andava, ouvi um grito atrás de mim, e lá estava Harold Stackhurst acenando calorosamente.

– Que bela manhã, Holmes! Achei mesmo que ia encontrá-lo.

– Indo nadar, pelo que vejo.

– Você e suas deduções – ele riu, tamborilando os dedos sobre o bolso estufado. – Isso mesmo. McPherson foi na frente. Vamos encontrá-lo.

Fitzroy McPherson era o professor de ciências, um bom jovem cuja saúde fora afetada seriamente pelos problemas cardíacos que se seguiram à febre reumática. Contudo, tinha dom para os esportes e destacava-se em qualquer modalidade que não fosse muito pesada para sua condição. Ele nadava no verão e no inverno, e eu, que também gosto de nadar, frequentemente o acompanhava.

Naquele momento, nós o avistamos. Sua cabeça despontou na borda do penhasco, onde o caminho desaparece. Então, ele apareceu por inteiro, cambaleando como um bêbado. Em seguida, estirou as mãos para cima, soltando um grito terrível, e caiu de rosto no chão. Eu e Stackhurst corremos para acudi-lo – ele estava a cerca de cinquenta metros. Evidentemente, McPherson estava morrendo. Aqueles olhos vidrados e as faces lívidas não podiam significar outra coisa. Um sopro de vida ainda o fez balbuciar algumas palavras, como se quisesse nos alertar sobre algo. Embora arrastadas e confusas, as últimas palavras, expelidas de sua boca num guincho, pareceram-me "juba de leão". Não fazia o menor sentido, mas não consegui arrumar outro significado para aqueles sons. Ele ainda tentou se erguer, estendendo os braços, mas caiu de lado. Estava morto.

Meu amigo estava paralisado pelo acontecimento terrível e repentino, mas eu, como se espera, coloquei cada sentido em alerta. Era necessário, pois ficou muito claro que estávamos diante de um caso extraordinário. O morto vestia apenas um paletó, as calças e um par de sapatos de lona desamarrados. Quando caiu, o paletó, que estava apenas jogado sobre os ombros, escorregou, expondo-lhe o tronco. Ficamos perplexos. Suas costas estavam cobertas de linhas vermelho-escuras, como se o pobre tivesse sido açoitado com violência por uma chibata de metal. O instrumento que infligira tal sofrimento era visivelmente flexível, pois as longas marcas acompanhavam os ombros e as costelas. Sangue escorria por seu queixo, pois ele mordera o lábio inferior no paroxismo de sua agonia. A face crispada e distorcida deixava claro o quão terrível fora seu sofrimento.

Eu estava ajoelhado e Stackhurst de pé, juntos ao corpo, quando uma sombra pairou sobre nós. Ian Murdoch estava ao nosso lado. Murdoch era o professor de matemática da escola, homem alto, magro e moreno, tão taciturno e solitário que não se podia dizer que tinha amigos. Parecia viver em outro mundo, mantendo pouco contato com a vida cotidiana. Os alunos o estranhavam, e só não o importunavam porque ele tinha qualquer coisa de assustador, que transparecia não só nos olhos negros como carvão e no rosto moreno como também no temperamento explosivo e feroz. Em certa ocasião, ao ser perturbado pelo cachorrinho de McPherson, atirou o animal através de uma janela, num ato que, com certeza, provocaria sua demissão por Stackhurst, não fosse Murdoch um professor tão valioso. Esse era o estranho e complexo homem que se postara ao nosso lado. Pareceu sinceramente chocado com o que viu, embora o incidente com o cão indicasse não haver grande simpatia entre ele e o morto.

– Pobre camarada! Pobre camarada! O que posso fazer? Posso ajudar?

– Você estava com ele? Sabe dizer o que aconteceu?

– Não, não! Eu me atrasei nesta manhã. Não fui à praia. Estou vindo direto das Empenas. O que posso fazer?

– Pode ir até a delegacia, em Fulworth. Informe o ocorrido imediatamente.

Sem dizer palavra, Murdoch saiu correndo, e eu continuei a investigar o caso, enquanto Stackhurst, estupefato com a tragédia, permanecia junto ao corpo. Minha primeira atitude foi, naturalmente, verificar quem estava na praia. Do alto da descida, podia-se ver toda a praia, que estava deserta, a não ser por três vultos diminutos, a caminho da vila de Fulworth. Concluindo esse ponto, desci vagarosamente pelo caminho. Havia argila misturada à greda, e pude observar as mesmas pegadas subindo e descendo. Ninguém mais fora até a praia

A Juba de Leão

por aquele caminho naquela manhã. Em determinado local, observei a marca de uma mão aberta, com os dedos apontando para a subida. Isso só podia significar que o pobre McPherson caíra ao voltar. Havia marcas circulares, também, sugerindo que ele caíra de joelhos mais de uma vez. No fim do caminho, estava a grande lagoa deixada pela descida da maré. McPherson se despira ao lado dela, pois lá estava, sobre uma pedra, sua toalha. Esta continuava dobrada e seca, fazendo parecer que ele não chegara a entrar na água. Procurei suas pegadas no cascalho, e encontrei algumas marcas, primeiro de seu sapato de lona, depois do pé descalço, o que provava que ele realizou todo o preparo para entrar na água, mas, como a toalha indicava, ele não chegara a se banhar.

Aí estava o problema configurado – um dos mais estranhos com que já deparei. McPherson não estivera na praia por mais de quinze minutos. Stackhurst seguira-o desde as Empenas; quanto a isso não havia dúvida. A vítima chegou a tirar a roupa, como revelavam as pegadas descalças. Então, repentinamente, vestiu-se às pressas – as roupas estavam apenas jogadas por cima do corpo, e não abotoadas. Então, retornou sem entrar na água, ou pelo menos sem se enxugar. E a razão para tudo isso foi o açoitamento selvagem e desumano que sofreu; torturado até que mordesse o lábio em agonia, tendo força apenas para sair dali cambaleante e morrer. Quem cometera crime tão bárbaro? Havia, é verdade, cavernas e grutas na base do penhasco, mas o sol baixo iluminava-as totalmente, não permitindo esconderijos. Também existia o detalhe dos vultos diminutos na praia. Mas pareciam longe demais para estar relacionados com o caso, e a grande lagoa na qual McPherson planejava nadar ficava entre ele e aquelas pessoas. No mar, alguns barcos de pesca não estavam longe. Seus tripulantes podiam ser examinados à vontade. Várias eram as alternativas a ser investigadas, mas nenhuma levava a um resultado óbvio.

Quando voltei para junto do corpo, um pequeno grupo de curiosos já se formara ao redor dele. Stackhurst continuava ali, e Ian Murdoch chegava com o policial da vila, um homenzarrão bigodudo, pertencente ao povo lento e robusto de Sussex – povo que esconde muito bom senso sob um exterior pesado e quieto. Ele escutou todo o relato, anotou tudo o que dissemos e, afinal, me chamou de lado.

– Agradeceria sua opinião, Sr. Holmes. Esse é um caso complicado para mim, e vou ter de ouvir de Lewes se não me sair bem.

Aconselhei-o a chamar seu superior imediato e um médico e também a não permitir que algo fosse alterado na cena, evitando ao máximo novas pegadas no local. Enquanto isso, revistei os bolsos

54 **A Juba de Leão**

do falecido. Havia um lenço, um canivete grande e um porta-cartões dobrável. Neste, estava preso um pedaço de papel, que desdobrei e entreguei ao policial. Lá estava rabiscado, em caligrafia feminina: "Vou estar lá, fique tranquilo. Maudie". Parecia um caso de amor, um encontro, embora não indicasse hora e local. O policial recolocou o bilhete no porta-cartões e, junto com as outras coisas, devolveu tudo aos bolsos do paletó do morto. Então, como não havia mais indícios, voltei à casa para tomar meu café da manhã, tendo primeiro providenciado para que a base do penhasco fosse cuidadosamente revistada.

Cerca de duas horas mais tarde, Stackhurst apareceu para me contar que o corpo fora levado às Empenas, onde o inquérito seria encaminhado. Trouxe também notícias sérias e definitivas. Como eu suspeitava, nada fora encontrado nas pequenas cavernas na base do penhasco, mas ele examinara os papéis na escrivaninha de McPherson, e vários mostravam haver correspondência íntima entre ele e uma certa Srta. Maud Bellamy, de Fulworth. Estabelecia-se, assim, a identidade da remetente do bilhete encontrado.

– A polícia está com as cartas – explicou Stackhurst. – Não pude trazê-las. Mas está claro que era um caso de amor sério. Entretanto, não vejo como relacioná-lo ao terrível acontecimento, a não ser, é claro, que a moça tivesse marcado um encontro com ele no local do crime.

– Mas não o faria na lagoa em que todos vocês vão, normalmente, nadar – observei.

– Foi um mero acaso – considerou – diversos alunos não estarem com McPherson naquele momento.

– Foi mesmo um acaso?

Pensativo, Stackhurst juntou as sobrancelhas.

– Ian Murdoch reteve os rapazes – respondeu. – Insistiu em fazer uma demonstração de álgebra antes do café. Pobre Murdoch, está terrivelmente abalado com o fato.

– Mas, pelo que sei, os dois não eram amigos.

– Algum tempo atrás, não eram realmente. Mas, no último ano, Murdoch tornou-se mais amigo de McPherson do que de qualquer outra pessoa. Ele não é de natureza muito simpática.

– Sim, eu sei. Lembro-me de você ter contado, uma vez, sobre uma briga por causa de um cachorro.

– Aquilo tudo estava superado, pode acreditar.

– Talvez tenha deixado alguma vontade de vingança.

– Não, não. Tenho certeza de que eram amigos de verdade.

– Bem, então temos de investigar os fatos com a garota. Você a conhece?

A Juba de Leão

55

– Todos a conhecem. É a mais bonita da vizinhança, uma verdadeira beleza. Eu sabia que McPherson sentia-se atraído por ela, mas não tinha noção de que estava tão adiantado na conquista como sugerem as cartas.

– E quem é ela?

– Filha do velho Tom Bellamy, proprietário de todos os barcos e cabines de banho de Fulworth. Começou como pescador, mas agora é homem de certas posses. Ele e o filho, William, cuidam dos negócios.

– Vamos até Fulworth falar com eles? – sugeri.

– Sob que pretexto?

– Ah, podemos facilmente encontrar um pretexto. Afinal, o pobre McPherson não infligiu aquele castigo a si mesmo. Alguém comandou aquele açoite, se é que foi isso que provocou os ferimentos. Seu círculo de conhecidos, neste lugar isolado, certamente era reduzido. Vamos seguir em todas as direções e, fatalmente, encontraremos um motivo, que por sua vez nos levará a um criminoso.

Teria sido um agradável passeio pelos Downs, com o aroma do tomilho perfumando o ar, não estivessem nossos pensamentos envenenados pela tragédia que testemunháramos. A vila de Fulworth ergue-se sobre a depressão que circunda a baía. Atrás do antigo vilarejo, várias casas modernas foram construídas nas encostas. Foi para uma delas que Stackhurst me conduziu.

– Aquela é The Haven, como Bellamy a chama. A casa com a torre no canto e o telhado de pedra. Nada mal para um homem que começou com... Por Deus, olhe aquilo!

A porta do jardim se abriu, deixando surgir um homem. Era impossível não reconhecer aquela figura alta, ossuda e desgrenhada. Era Ian Murdoch, o matemático. Logo depois o encontramos no meio da rua.

– Olá – cumprimentou Stackhurst. O outro fez um gesto com a cabeça, olhou-nos de lado e teria passado reto por nós se o diretor não o detivesse. – O que está fazendo aqui?

Murdoch ficou vermelho de raiva.

– Sou seu subordinado na escola. Pelo que sei, não lhe devo explicações sobre minha vida privada.

Depois de tudo o que passara, Stackhurst estava com a paciência por um fio. Em outra ocasião, teria se controlado, mas, naquele momento, perdeu completamente a cabeça.

– Nas atuais circunstâncias, sua resposta é muito impertinente, Sr. Murdoch.

56   A Juba de Leão

– Sua pergunta também o é.

– Esta não é a primeira vez que presencio seus modos insolentes. Mas, com certeza, será a última. Tenha a bondade de fazer planos para o seu futuro, e o mais rapidamente que puder.

– Já planejava fazê-los. Hoje perdi a única pessoa que tornava As Empenas habitável.

Murdoch saiu marchando enquanto Stackhurst seguiu-o com o olhar raivoso.

– Ele não é um homem impossível, intolerável?! – perguntou indignado.

A primeira coisa que me passou pela cabeça foi que o Sr. Ian Murdoch aproveitara a primeira oportunidade para escapar da cena do crime. Uma suspeita, ainda vaga e nebulosa, formava-se em minha mente. Talvez a visita aos Bellamy pudesse esclarecer o caso em algum ponto. Stackhurst se acalmou e seguimos para a casa.

O Sr. Bellamy era um homem de meia-idade, com barba vermelha como o fogo. Parecia estar muito contrariado, e o rosto logo ficou tão rubro quanto os cabelos.

– Não, senhor, não quero entrar em detalhes. Meu filho, aqui – apontou um jovem forte, de rosto sombrio e pesado, no canto da sala de estar –, concorda comigo que as atenções do Sr. McPherson para com Maud eram insultuosas. Sim, senhor, a palavra "casamento" nunca foi mencionada, e mesmo assim havia cartas e encontros, e um bocado mais que nenhum de nós poderia aprovar. A mãe dela morreu, e nós somos seus únicos guardiães. Estávamos determinados...

Mas as palavras foram interrompidas pela aparição da moça. Seria pouco dizer que ela embelezaria qualquer reunião no mundo. Quem poderia imaginar que flor tão rara nascesse de tal raiz e crescesse naquela atmosfera? Mulheres raramente me atraem, pois meu cérebro comanda o coração. Ainda assim, não pude ignorar o rosto perfeito, com todo o frescor dos Downs aparecendo em cores delicadas, que, no entanto, pareciam ignorar o fato de que nenhum homem jamais cruzaria seu caminho indiferente. Assim era a garota que abriu a porta e parou, de olhos bem abertos e intensos, à frente de Harold Stackhurst.

– Já soube que Fitzroy está morto – ela declarou. – Não tenham medo de me contar os detalhes.

– O outro professor já nos deu as notícias – explicou o pai.

– Não existe motivo pelo qual minha irmã deva ser envolvida nesse caso – grunhiu o irmão.

A moça lançou-lhe um olhar áspero.

A Juba de Leão

– Isso é assunto meu, William. Por favor, deixe-me resolvê-lo à minha maneira. Um crime foi cometido. O mínimo que posso fazer pelo pobre Fitzroy é ajudar a encontrar o responsável.

A moça ouviu o breve relato feito por Stackhurst com uma dignidade que me fez perceber que, além de grande beleza, ela possuía caráter sólido. Maud Bellamy vai permanecer para sempre em minha memória como uma mulher notável e completa. Aparentemente, ela já me conhecia de vista, pois se virou para mim e disse:

– Leve os responsáveis perante a justiça, Sr. Holmes. Pode contar com minha simpatia e ajuda, sejam eles quem forem – pareceu-me que a Srta. Bellamy olhou de modo desafiador para o pai e o irmão enquanto falava.

– Obrigado – eu respondi. – Aprecio o instinto feminino nesses casos. A senhorita falou "eles". Acredita que mais de uma pessoa esteja envolvida?

– Eu conhecia muito bem Fitzroy..., o Sr. McPherson, para saber que era um homem forte e corajoso. Uma pessoa apenas não teria conseguido infligir-lhe tal castigo.

– Posso conversar com a senhorita em particular?

– Vou lhe avisar, Maud, não se meta nesse assunto – ameaçou o pai, com raiva.

– O que posso fazer? – ela me perguntou.

– Todo mundo irá conhecer os fatos, de modo que não fará mal que eu os discuta aqui – eu disse. – Preferiria falar-lhe em particular, mas, já que seu pai não o permite, ele vai participar da discussão – falei, então, do bilhete encontrado no bolso do falecido. – Aquele bilhete vai aparecer durante o inquérito. Por favor, diga o que sabe a respeito.

– Não há motivo para mistério – ela respondeu. – Estávamos noivos e íamos nos casar. Mantivemos segredo apenas porque o tio de Fitzroy, que é bastante idoso e está à morte, poderia deserdá-lo caso se casasse contra seu desejo. É a única razão.

– Você podia ter nos contado – grunhiu o Sr. Bellamy.

– Eu o teria feito, papai, se o senhor tivesse mostrado alguma simpatia.

– Eu não gosto que minha garota escolha o namorado fora do seu círculo.

– Foi seu preconceito contra ele que nos induziu a ocultar a situação. Quanto ao bilhete – ela remexeu no bolso do vestido e pegou um papel amassado –, foi em resposta a este.

A mensagem era a seguinte:

58 A Juba de Leão

"Querida, no lugar de sempre, na praia, logo depois do pôr do sol, na terça-feira. É o único horário em que posso me afastar. – F. M".

– Terça-feira é hoje, e eu pretendia encontrá-lo à noite.

– Isto não veio pelo correio – eu avaliei, examinando o papel. – Como o recebeu?

– Prefiro não responder a essa pergunta. Não tem relação com o que está investigando. Mas responderei francamente a qualquer questão relacionada.

Ela agiu conforme prometera, mas em nada pôde ajudar na investigação. Acreditava que seu noivo não possuía inimigos, mas admitiu ter ela diversos admiradores entusiasmados.

– Posso perguntar se o Sr. Murdoch é um deles?

Ela corou, confusa.

– Houve época em que pensei que sim, mas isso mudou quando ele compreendeu minha relação com Fitzroy.

Mais uma vez, retornava a sombra ao redor daquele estranho homem. Era necessário investigá-lo melhor. Seus aposentos precisavam ser vasculhados. Stackhurst dispunha-se a colaborar, pois agora nutria suspeitas semelhantes. Voltamos de nossa visita à casa dos Bellamy com a esperança de ter encontrado um fio daquela meada embaralhada.

Uma semana se passou. O inquérito não conseguira esclarecer o caso e foi adiado até que se conseguissem novas evidências. Stackhurst investigou discretamente seu subordinado, procedendo a uma revista superficial de seu quarto, sem nenhum resultado. Quanto a mim, examinei a cena do crime de novo, física e mentalmente, mas não obtive nada de novo. De todas as minhas histórias, é improvável que o leitor encontre caso que tenha exigido tanto de mim. Eu era incapaz de solucionar o mistério até mesmo no campo da imaginação. Então, aconteceu o incidente com o cachorro.

Quem primeiro ouviu a notícia foi minha velha caseira, através daquela rede sem fio pela qual o povo do interior fica sabendo das novidades.

– Que história triste, essa, do cachorro do Sr. McPherson – ela comentou certa noite.

Costumo não encorajar esse tipo de conversa, mas as palavras chamaram minha atenção.

– O que aconteceu com o cachorro do Sr. McPherson?

– Morreu, Sr. Holmes. Morreu de saudade do dono.

– Quem lhe contou isso?

– Ora, todo mundo está falando disso. Ele ficou mal e não comeu nada durante uma semana. Então, hoje, dois jovens das Empenas o

A Juba de Leão

encontraram morto, e lá na praia, no mesmo lugar onde o dono encontrou seu destino.

"No mesmo lugar" – as palavras ecoavam em minha cabeça. Uma intuição de que o fato era vital surgiu dentro de mim. Que o cachorro morresse fazia parte da natureza surpreendente e fiel dos cães. Mas "no mesmo lugar"?! Por que aquela praia seria letal para o bicho? Seria possível que ele também fora sacrificado pela mesma vingança? Seria possível...? A noção era imprecisa, mas algo já se formava em mim. Em poucos minutos, me pus a caminho das Empenas, onde encontrei Stackhurst em seu escritório. Atendendo a meu pedido, mandou chamar Sudbury e Blount, os dois alunos que encontraram o cão.

– Sim, senhor, ele estava na borda da lagoa – disse um deles. – Deve ter seguido o rastro do dono.

Vi a criaturinha fiel, um *airedale terrier*, estirada sobre um tapete no vestíbulo. O corpo estava rígido, os olhos esbugalhados e os membros contorcidos. Parecia ter morrido em agonia.

Das Empenas caminhei até a lagoa. O sol estava baixo, e a sombra do grande penhasco se estendia por sobre a água, que brilhava tenuemente, como uma folha de chumbo. O lugar estava deserto, não havia sinal de vida a não ser por dois pássaros que voavam em círculo e grasniam. Com a luz escassa, mal pude distinguir a marca do cachorrinho na areia, junto à pedra sobre a qual o dono deixara a toalha. Permaneci em reflexão profunda enquanto as sombras cresciam à minha volta. Os pensamentos agitavam-se em minha mente. O leitor sabe como é estar em um pesadelo no qual se sente que há alguma coisa muito importante a ser encontrada e que você, embora saiba que tal coisa esteja ali, jamais consegue alcançá-la. Foi assim que me senti, naquela noite, naquele lugar letal. Afinal, voltei vagarosamente para casa.

Acabara de chegar ao topo da estradinha quando a ideia veio à minha mente. Como um relâmpago, compreendi o que, afinal, estava procurando tão ansiosamente. Vocês sabem, ou Watson escreveu em vão, que eu possuo um vasto repositório de conhecimentos estranhos, que não atende a nenhuma sistematização científica, mas que muito ajuda em meu trabalho. Minha mente é como uma sala repleta de pacotes de todos os tipos – tantos que posso ter apenas uma percepção vaga do que existe dentro deles. Eu sabia que devia haver um pacote com algo associado a este caso. A noção permanecia muito difusa, mas, pelo menos, sabia como torná-la mais consistente. Era incrível, não deixava de ser uma possibilidade. E eu a testaria plenamente.

60 A Juba de Leão

Em minha casinha, havia um grande sótão, que eu enchi de livros. Foi lá que mergulhei e procurei durante uma hora. Ao final, emergi com um pequeno volume de capa marrom e prata. Ansioso, procurei o capítulo do qual guardava uma vaga lembrança. Sem dúvida, era uma proposição improvável, mas eu não conseguiria descansar enquanto não a tivesse conferido. Era tarde quando me recolhi, e esperava ansiosamente pelo dia seguinte.

Mas o dia começou com uma interrupção irritante. Eu acabara de tomar minha xícara de chá matinal e estava me preparando para ir à praia quando apareceu o Inspetor Bardle, da divisão de Sussex – um sujeito grande, sólido e bovino, com olhos pensativos que me fitaram com expressão bastante preocupada.

– Estou ciente de sua imensa experiência, Sr. Holmes – ele disse. – Minha consulta é totalmente extraoficial, claro, e morre aqui. Mas a coisa não está nada boa nesse caso do McPherson. A pergunta é: devo efetuar uma prisão ou não?

– Prender Ian Murdoch?

– Isso mesmo. Não há outro suspeito, se pensar bem. Essa é uma das poucas vantagens do nosso isolamento: não há muito onde procurar. Se não foi ele, quem foi?

– Que evidências tem contra ele, inspetor?

Ele expôs as mesmas cismas que eu tive: a personalidade de Murdoch, o mistério que havia em torno dele, o temperamento explosivo – demonstrado no antigo episódio do cachorro –, o fato de ele ter brigado com McPherson no passado e a suspeita de que estivesse ressentido pela atenção da vítima para com a Srta. Bellamy. O inspetor apontou tudo o que eu já ponderara, sem acrescentar novidades, a não ser que Murdoch parecia estar se preparando para partir.

– Como posso deixá-lo escapar com todas essas evidências contra ele? – aquele grandalhão impassível estava terrivelmente confuso.

– Considere – eu retruquei – todas as falhas de sua argumentação. Na manhã do crime, ele tem um álibi perfeito: estava com os alunos até o último momento e, minutos depois que McPherson apareceu, ele surgiu por trás de nós. Então, considere a impossibilidade de ele, sozinho, infligir tal castigo a um homem tão forte quanto McPherson. Finalmente, existe a questão sobre o instrumento que produziu os ferimentos.

– Não poderia ser algum tipo de chicote?

– O senhor examinou as marcas?

– Dei uma olhada nelas. E o médico também.

A Juba de Leão

– Mas eu as examinei cuidadosamente com uma lente de aumento. Apresentam certas peculiaridades.

– E quais são, Sr. Holmes?

Entrei em meu escritório e peguei algumas fotografias ampliadas para mostrá-las ao inspetor.

– Este é o meu método – expliquei.

– O senhor é bastante meticuloso, Sr. Holmes.

– Dificilmente estaria na minha posição se não o fosse. Vamos pensar nesta marca que contorna o ombro direito. Vê algo de interessante nela?

– Não posso dizer que sim.

– É evidente que sua intensidade é desigual. Aqui há um ponto de sangue, e outro aqui. Existem indicações semelhantes nesta outra marca. O que pode significar?

– Realmente não sei. E o senhor?

– Talvez eu saiba, talvez não. Posso ter mais o que dizer em breve. Ao definir o que produziu essas marcas vamos encontrar o criminoso.

– É uma ideia absurda – sugeriu o policial –, mas, se uma grade incandescente tivesse sido aplicada às costas dele, esses pontos definidos poderiam representar os locais onde as tramas se cruzam.

– Sua sugestão é engenhosa. Que tal uma espécie de chicote muito duro, com pequenos nós?

– Por Deus, Sr. Holmes, acho que acertou!

– Ou talvez seja algo totalmente diferente, Sr. Bardle. Mas as evidências são muito fracas para justificar uma prisão. Além disso, temos aquelas últimas palavras: "juba de leão".

– Imagino se Ian...

– Já pensei nisso. Se a outra palavra lembrasse Murdoch... mas não lembra. McPherson a pronunciou quase em um guincho, mas tenho certeza de que era "juba".

– Existe alguma alternativa, Sr. Holmes?

– Talvez sim, mas prefiro não discuti-la até ter algo de mais concreto.

– E quando isso vai acontecer?

– Em uma hora, talvez menos.

O inspetor coçou o queixo e olhou para mim com ceticismo.

– Gostaria de poder ler sua mente, Sr. Holmes. Talvez o mistério esteja naqueles barcos de pesca.

– Não, não. Estavam muito longe.

– Então será que foi Bellamy e seu filho brutamontes? Eles não gostavam muito do Sr. McPherson. Será que lhe aprontaram alguma?

62 A Juba de Leão

– Não, não... o senhor não vai arrancar nada de mim até chegar a hora – eu disse, sorrindo. – Agora, inspetor, temos trabalho a fazer. Talvez queira me encontrar aqui ao meio-dia?

Estávamos nesse ponto quando veio a interrupção que foi o começo do fim.

A porta da minha casa foi escancarada, ouvimos passos atribulados pelo corredor, e Ian Murdoch entrou cambaleante, pálido, desarrumado, com as roupas em total desordem, agarrando-se com as mãos ossudas nos móveis, na tentativa de se manter em pé.

– Conhaque! Conhaque! – gritou e caiu gemendo no sofá.

Não viera sozinho. Logo atrás estava Stackhurst, sem chapéu e ofegante, quase tão confuso quanto o outro.

– Isso, isso! Conhaque! – exclamou. – O homem está morrendo! Tudo o que pude fazer foi trazê-lo até aqui. Ele desmaiou duas vezes no caminho.

Meia dose da bebida alcoólica produziu uma mudança extraordinária. Murdoch se ergueu com um dos braços e deixou cair o casaco dos ombros.

– Pelo amor de Deus! Azeite, ópio, morfina! – gritou. – Qualquer coisa que acabe com essa maldita agonia!

Eu e o inspetor nos surpreendemos com o que vimos então. No ombro nu de Murdoch, estava o mesmo estranho padrão reticulado de linhas vermelhas inflamadas que marcaram a morte de Fitzroy McPherson.

A dor era evidentemente terrível, e abrangente, pois a respiração do ferido cessou por um instante, seu rosto escureceu e, com grande esforço, ele inspirou profundamente, levando a mão ao coração enquanto o suor escorria de sua testa. Podia morrer a qualquer momento. Dávamos mais e mais conhaque a Murdoch, e cada dose parecia trazê-lo de volta à vida. Algodão embebido em azeite aliviaram a agonia daqueles estranhos ferimentos. Afinal, sua cabeça caiu pesadamente sobre a almofada. Estava entre o sono e o desmaio, mas, pelo menos, esquecia-se da dor.

Era impossível interrogá-lo. Assim que percebemos que sua condição tornara-se estável, Stackhurst virou-se para mim.

– Meu Deus! – exclamou assustado. – O que é isso, Holmes? O que é isso?

– Onde você o encontrou? – indaguei.

– Na praia. Exatamente no mesmo lugar onde o pobre McPherson encontrou seu destino. Se o coração de Murdoch fosse tão fraco quanto o de McPherson, ele não estaria aqui agora. Mais de uma vez, enquanto tentava trazê-lo para cá, pensei que o tinha perdido. As Empenas ficam muito longe, por isso o trouxe para sua casa.

A Juba de Leão

– Você o viu na praia?

– Eu estava passeando no penhasco quando o ouvi gritar. Murdoch cambaleava, na beira da água, como um bêbado. Corri até lá, joguei-lhe as roupas por cima do corpo e carreguei-o. Pelo amor de Deus, Holmes, use tudo o que sabe e não poupe esforços para terminar essa maldição, pois a vida está ficando insuportável aqui. Será que você, com essa reputação internacional, nada pode fazer por nós?

– Creio que posso, Stackhurst. Venha comigo! O senhor também, inspetor. Vamos ver se consigo entregar-lhe o assassino.

Deixando o homem inconsciente sob os cuidados da caseira, nós três descemos até a lagoa mortal. Sobre o cascalho, havia uma pilha de roupas e toalhas, deixadas pela vítima. Devagar, caminhei pela borda da água, com meus companheiros em fila indiana atrás de mim. A maior parte da lagoa estava bem rasa, mas, sob o penhasco, a profundidade chegava a um metro e meio. Naturalmente, era ali que um nadador mergulharia, pois a água formava uma belíssima piscina, clara como cristal. Uma fileira de pedras alinhava-se na base do penhasco, por onde eu conduzia os outros homens, ao mesmo tempo que observava com atenção a profundeza abaixo de nós. Quando alcancei a parte mais funda e parada, meus olhos depararam com o que eu estava procurando, e soltei um grito de triunfo.

– Ciânea! Ciânea! Vejam, a Juba de Leão!

O ser estranho para o qual eu apontava realmente lembrava a massa embaraçada retirada da juba de um leão. Estava apoiada em uma pedra, a cerca de um metro abaixo da superfície. Era uma criatura hirsuta, vibrátil, com detalhes prateados em meio às madeixas amarelas. Pulsava com contrações e dilatações lentas, pesadas.

– Ela já causou muito mal. Chega! – exclamei. – Ajude-me, Stackhurst, vamos acabar com a assassina para sempre.

Havia um grande calhau junto à borda, e nós o empurramos até que caiu na água com estardalhaço. Quando as marolas cessaram, vimos que a pedra atingira o alvo. Uma borda da membrana amarela mostrava que nossa vítima estava por baixo da pedra. Uma substância pegajosa saiu da criatura, tingindo a água em redor e subindo lentamente à superfície.

– Ora essa! – espantou-se o inspetor. – O que era isso, Sr. Holmes? Nasci e cresci nesta região, mas nunca vi nada igual. Isso não é de Sussex.

– Mas veio para Sussex – observei. – Pode ser que aquela ventania sudoeste a tenha trazido. Vamos voltar para minha casa e lhes contarei

64 A Juba de Leão

a terrível experiência de alguém que tem boas razões para se lembrar de um encontro com o mesmo perigo dos mares.

Quando chegamos ao escritório, vimos que Murdoch estava tão recuperado que já podia se sentar. Permanecia com a mente em confusão, e de vez em quando tremia de dor. Com palavras desarticuladas, explicou que não tinha noção do que lhe acontecera, a não ser da dor terrível que o atingiu e de que reunira toda a sua força para sair da água.

– Este livro – eu disse, pegando o pequeno volume que escolhera no sótão –, foi o que começou a esclarecer nosso mistério. É *Out of Doors*, do famoso observador J. G. Wood. Ele próprio quase pereceu pelo contato com essa criatura, de modo que escreveu com total conhecimento de causa. *Cyanea capillata* é o nome científico da vilã, que pode ser tão perigosa, e provocar tanta dor, quanto uma cobra. Vou ler um trecho:

" 'Se o banhista vir uma massa arredondada de fibras e membranas escuras, algo como grandes porções de juba de leão e papel prateado, cuidado, pois se trata da temida *Cyanea capillata*.' Será que nosso sinistro assassino poderia ser mais bem descrito?

"Mais adiante, Wood conta sobre seu próprio encontro com a Juba de Leão, quando nadava na costa de Kent. Ele descobriu que a criatura possui filamentos com até quinze metros de comprimento e que qualquer pessoa, dentro desse raio, corre perigo de morte. Mesmo à distância, o efeito em Wood foi quase fatal. 'Esses filamentos causam linhas escarlates sobre a pele, que, examinadas mais de perto, revelam-se como pontos diminutos ou pústulas, cada uma carregada com uma agulha vermelha que atravessa os nervos.'

"A dor local é, conforme Wood explica, a menor parte do sofrimento. 'Espasmos atingem o peito, fazendo a vítima cair, como que ferida por uma bala. A pulsação cessa e, então, o coração dá seis ou sete pulos, como se quisesse sair do peito.'

"Ele quase morreu, tendo sido atingido no mar revolto, e não nas águas rasas e calmas de uma lagoazinha como a nossa. Wood conta, ainda, que depois quase não conseguia se reconhecer, tão pálido, enrugado e desgrenhado estava seu rosto. Ele tomou conhaque, toda uma garrafa, e parece que foi isso que salvou sua vida. Tome o livro, inspetor. Deixo-o com o senhor, pois aqui há uma explicação completa da tragédia que acometeu o pobre McPherson."

– Livro que, por acaso, me inocenta – observou Ian Murdoch com um sorriso irônico. – Não o culpo, inspetor, nem o Sr. Holmes, pois suas suspeitas eram naturais. Sei que estava a ponto de ser preso e que só me livrei por ter partilhado o destino do meu pobre amigo.

A Juba de Leão

– Engano seu, Sr. Murdoch – repliquei. – Eu já estava na trilha certa e, se tivesse conseguido sair tão cedo quanto planejara, poderia até o ter poupado dessa terrível experiência.

– Mas como o senhor sabia?

– Sou um leitor onívoro, com memória muito boa para detalhes. A expressão "juba de leão" ficou atormentando minha mente. Eu sabia que já a tinha visto em outro contexto. Como puderam constatar, ela realmente descreve a criatura. Não tenho dúvida de que McPherson a viu flutuando na água e de que essa frase foi sua única forma de nos alertar sobre o que causou sua morte.

– Bem, pelo menos estou livre – disse Murdoch, levantando-se vagarosamente. – Preciso fazer alguns esclarecimentos, pois sei do rumo que suas investigações tomaram. É verdade que me apaixonei por Maud Bellamy, mas, desde o dia em que soube que ela escolhera meu amigo McPherson, meu único desejo foi ajudá-la a ser feliz. Alegrava-me poder atuar como mensageiro dos dois. Frequentemente levava os recados de um para o outro, e foi por causa da confiança que me tinham e do carinho que eu sentia por ela que fui lhe contar, sem demora, sobre a morte de McPherson, antes que alguém o fizesse de forma repentina e descuidada. Ela não lhe contou, Sr. Stackhurst, sobre nosso relacionamento, pois achou que poderia desaprová-lo e me prejudicar. Mas, com a permissão dos senhores, gostaria de voltar para As Empenas, onde minha cama me aguarda.

– Nossos nervos estavam à flor da pele – respondeu Stackhurst, estendendo a mão. – Perdoe o que é passado, Murdoch. Vamos nos entender melhor no futuro.

Os dois saíram amistosamente abraçados. O inspetor permaneceu, fitando-me com seus olhos bovinos.

– Bem, o senhor conseguiu! – exclamou, afinal. – Já tinha lido sobre o senhor, mas nunca acreditei. É maravilhoso!

Fui forçado a negar com um movimento de cabeça. Aceitar tal cumprimento seria rebaixar meus próprios padrões.

– Fui lento no início, repreensivelmente lento. Se o corpo tivesse sido encontrado na água, eu dificilmente teria errado. Foi a toalha que me enganou. O infeliz não teve tempo de se secar, e assim pensei que ele não chegara a entrar na água. Por que, então, eu pensaria no ataque de uma criatura marinha? Foi aí que me perdi. Ora, ora, inspetor, com frequência eu zombo dos cavalheiros da força policial, mas a *Cyanea capillata* esteve perto de vingar a Scotland Yard.

O Empresário Aposentado

SHERLOCK Holmes estava filosófico e melancólico naquela manhã. Sua natureza prática também estava sujeita a tais inclinações.
– Você o viu? – ele perguntou.
– O velho que acabou de sair?
– Exatamente.
– Sim. Encontrei-o à porta.
– O que achou dele?
– Uma criatura patética, fútil, abatida.
– Exatamente, Watson. Patético e fútil. Mas não é toda a vida assim? A vida dele não é um microcosmo do todo? Tentamos, buscamos... e o que fica em nossas mãos? Uma sombra. Ou, pior que uma sombra... sofrimento.
– Ele é um de seus clientes?
– Bem, acho que pode chamá-lo assim. Foi-me enviado pela Scotland Yard. Assim fazem os médicos quando enviam seus pacientes incuráveis a um charlatão. Dizem que nada mais podem fazer, e nada pode deixá-lo pior do que já está.
– Qual é o caso?
Holmes pegou um cartão – bastante sujo – que estava sobre a mesa.
– Josiah Amberley. Disse que era sócio minoritário na Brickfall & Amberley, fabricantes de materiais artísticos. Talvez você já tenha visto esse nome em caixas de tinta. Ele fez um pé-de-meia, aposentou-se aos sessenta e um anos, comprou uma casa em Lewisham e preparou-se para descansar após uma vida de trabalho incessante. Poder-se-ia pensar que seu futuro estava razoavelmente assegurado.
– Realmente.
Holmes consultou algumas anotações que fizera nas costas de um envelope.
– Aposentou-se em 1896, Watson. No começo de 1897 casou-se com uma mulher vinte anos mais nova... bem atraente, se a fotografia

68 O Empresário Aposentado

não engana. Poupança, esposa e lazer; ao que tudo indicava, uma vida tranquila o aguardava. Contudo, dois anos depois, ele é essa criatura abatida e miserável que rasteja por aí.

– Mas o que aconteceu?

– A mesma velha história, Watson. Um amigo desleal e uma esposa volúvel. A grande diversão de Amberley na vida é jogar xadrez. Não muito longe dele, em Lewisham, mora um jovem médico que também gosta de jogar, o Dr. Ray Ernest. Ele começou a frequentar a casa dos Amberley, de modo que surgiu certa intimidade entre ele e a Sra. Amberley. Isso era de esperar, pois deve admitir que nosso infeliz cliente não tem aparência muito atraente, ainda que possua lá suas virtudes. A mulher e Ernest fugiram na semana passada, com destino ignorado. E, o que é pior, a esposa infiel levou como bagagem pessoal a caixa-forte do velho, onde estava grande parte de todas as economias do homem. Podemos encontrar a mulher? Podemos recuperar o dinheiro? Um problema tão comum até aqui, mas de importância vital para Josiah Amberley.

– O que você pretende fazer a respeito?

– Bem, meu caro Watson, a pergunta é "o que você vai fazer"? Se puder fazer a gentileza de me substituir, agradeço-lhe. Sabe que estou me dedicando ao caso dos dois patriarcas cópticos, do qual deve haver revelações importantes hoje. Não tenho tempo para ir a Lewisham, e as evidências levantadas no local têm especial valor. O velho camarada insistiu bastante para que eu fosse, mas lhe expliquei minhas dificuldades. Ele está aguardando meu representante.

– Claro que sim – respondi. – Confesso que não sei como ajudar, mas vou fazer o melhor que puder.

E foi assim que, naquela tarde de verão, pus-me a caminho de Lewisham, sem imaginar que, no prazo de uma semana, o caso em que estava me envolvendo tornar-se-ia o centro das discussões de toda a Inglaterra.

Retornei ao apartamento de Holmes, na Rua Baker, tarde daquela mesma noite, para relatar-lhe minha missão. Holmes estava estirado em sua poltrona, com o cachimbo soltando rolos de fumaça e as pálpebras caídas sobre os olhos. Pareceria estar dormindo, não fosse pelo fato de, a qualquer dúvida quanto à minha narrativa, abrir os brilhantes olhos cinzentos, que me perfuravam como uma espada.

– The Haven é o nome da casa do Sr. Josiah Amberley – expliquei. – Acho que vai despertar seu interesse, Holmes. O local lembra

O Empresário Aposentado   69

um aristocrata falido que submergiu em companhia da plebe. Você conhece aquele bairro, com as monótonas ruas de pedra, as aborrecidas avenidas de subúrbio. Bem no meio disso, numa ilha de cultura e conforto, ergue-se essa casa antiga, rodeada por um muro coberto de líquen e musgo, o tipo de muro...

– Deixe a poesia de lado, Watson – Holmes interrompeu-me com severidade. – Já entendi que é um muro alto de tijolos.

– Exatamente. Eu não saberia onde fica The Haven se não tivesse perguntado a um pedestre que fumava na rua. Tenho um motivo para mencioná-lo. Era um sujeito alto, moreno, bigodudo, de aparência militar. Ele respondeu à minha pergunta e me olhou de forma interrogativa, algo de que me lembrei pouco depois.

"Mal passei o portão, avistei o Sr. Amberley vindo pela alameda. Eu o tinha visto de relance nesta manhã, e ele me deu a impressão de ser uma criatura estranha, mas, quando o observei melhor, pareceu-me ainda mais anormal."

– É claro que eu o estudei, mas estou interessado nas suas próprias impressões – declarou Holmes.

– Ele me pareceu um homem literalmente dobrado pela tristeza. Suas costas são curvas, como se carregasse um fardo muito pesado. Ainda assim, ele não é o fracote que eu imaginara, pois os ombros e o peito parecem pertencer a um gigante, muito embora o corpo esteja espetado em pernas finas.

– Sapato esquerdo enrugado, o direito liso.

– Não observei isso.

– Imaginei que não. Eu percebi a perna artificial. Continue.

– Fiquei impressionado com os cachos de cabelos grisalhos que aparecem por baixo do velho chapéu de palha e com o rosto de expressão selvagem e ansiosa, de feições profundamente marcadas.

– Muito bom, Watson. O que ele disse?

– Começou despejando a história de suas mágoas. Caminhamos pela alameda juntos, e aproveitei para dar uma boa olhada em volta. Nunca vi lugar mais malcuidado. O jardim estava repleto de mato, dando-me a impressão de total desleixo, de um local onde se permite que as plantas cresçam de acordo com a natureza, e não com a jardinagem. Não sei como uma mulher decente podia tolerar tal estado de coisas. A casa, também, era um pardieiro. Mas parece que o pobre homem, ciente disso, tenta remediar a situação, pois uma grande lata de tinta verde estava no meio do vestíbulo, e ele tinha uma brocha na mão esquerda, pois estivera trabalhando no madeiramento.

70 O Empresário Aposentado

"Em seguida, levou-me para o escritório decrépito, onde tivemos uma longa conversa. É claro que ele ficou desapontado porque eu fora em seu lugar. 'Não tinha muita esperança', ele disse, 'de que indivíduo tão humilde como eu, especialmente depois da minha grande perda financeira, pudesse obter a atenção completa de homem tão famoso como o Sr. Sherlock Holmes.'

"Garanti-lhe que a questão financeira não era problema. 'Não, é claro, com ele é a arte pela arte', retrucou, 'mas, mesmo com relação ao lado artístico do crime, ele poderia encontrar algo aqui para estudar. E a natureza humana, Dr. Watson – a maior ingratidão de todas! Quando é que recusei algum pedido daquela mulher? Outra já foi mais paparicada que ela? E aquele jovem... era como se fosse meu próprio filho. Ficava à vontade em minha casa. E veja como me trataram. Ah, Dr. Watson, este é um mundo muito cruel.'

"Assim ele continuou por uma hora ou mais. Ao que parece, nunca suspeitou que uma intriga estivesse em andamento. O casal vivia sozinho, a não ser por uma empregada que chegava cedo e saía às seis da tarde. Naquela noite em particular, o velho Amberley, desejando agradar à esposa, comprara dois lugares no balcão do Teatro Haymarket. No último momento, ela reclamou de dor de cabeça e se recusou a ir. Ele foi sozinho. Não há dúvida quanto a isso, pois mostrou o bilhete que a mulher não utilizou."

– Isso é interessante... muito interessante – interrompeu Holmes, cujo interesse pelo caso parecia crescer. – Por favor, continue, Watson. Sua narrativa é envolvente. Você examinou esse bilhete? Com atenção? Por acaso, não anotou o número?

– Acontece que sei – respondi com certo orgulho. – Por coincidência, era o mesmo número que eu tinha na escola, trinta e um, de modo que o guardei de cabeça.

– Excelente, Watson! Então o assento dele era o trinta ou o trinta e dois.

– Exato – respondi, meio confuso. – E na fila B.

– Está indo muito bem. O que mais ele lhe contou?

– Ele me mostrou a sala-cofre, que é como a chama. E é realmente isso, como a de um banco, com porta de ferro e tudo; a prova de ladrões, diz ele. Contudo, parece que a mulher tinha uma duplicata da chave, e o casal carregou cerca de sete mil libras em dinheiro e títulos.

– Títulos! Como é que irão dispor deles?

– O Sr. Amberley disse que forneceu uma lista à polícia, com o que espera impedi-los de vender os títulos. Ele voltou do teatro à meia-noite e encontrou a casa roubada, com porta e janela abertas, e os dois fugidos. Não havia carta nem mensagem alguma, e não

O Empresário Aposentado   71

soube de mais nada dos dois desde então. Imediatamente chamou a polícia.

Holmes refletiu durante alguns minutos.

– Você disse que ele estava pintando. O quê?

– Bem, ele trabalhava no corredor, mas já havia pintado a porta e os painéis de madeira da sala de que lhe falei.

– Não lhe parece uma ocupação estranha, dadas as circunstâncias?

– 'A pessoa precisa fazer algo para aliviar a dor', foi sua explicação. É algo um tanto excêntrico, sem dúvida, mas ele é evidentemente um homem excêntrico. Rasgou uma fotografia da esposa na minha frente... rasgou-a em um acesso de fúria. 'Nunca mais quero ver esse maldito rosto na minha frente', guinchou.

– Algo mais, Watson?

– Sim, uma coisa me impressionou mais que todo o resto. Fui de carruagem até a estação de Blackheath, e lá peguei o trem. Quando este saía, vi um homem correr e entrar no vagão ao lado do meu. Você sabe que sou bom fisionomista, Holmes. Era o mesmo homem alto e moreno a quem pedi informação na rua. Eu ainda o vi na London Bridge, mas depois o perdi na multidão. Tenho certeza de que estava me seguindo.

– Sem dúvida, sem dúvida – concordou Holmes. – Um homem alto, moreno, com grande bigode, você disse, e óculos escuros?

– Holmes, você é um mago! Eu não disse, mas ele usava óculos escuros.

– E alfinete de gravata maçônico?

– Holmes!

– Muito simples, meu caro Watson. Mas vamos ao que interessa. Tenho de admitir que o caso, que me parecia simples demais a princípio, está rapidamente assumindo outro aspecto. É verdade que, em sua missão, você ignorou tudo o que era importante, mas mesmo as coisinhas que teimaram em se fazer percebidas por você dão margem a sérias reflexões.

– O que eu ignorei?

– Não fique magoado, meu caro amigo. Você sabe como sou impessoal. Ninguém teria feito melhor. Alguns possivelmente teriam feito pior. Mas, com certeza, você ignorou alguns pontos vitais. Qual é a opinião dos vizinhos quanto a Amberley e sua mulher? Isso é importante. E quanto ao Dr. Ernest? Ele é o alegre sedutor que imaginamos? Seus atributos naturais, Watson, podem convencer qualquer mulher a ser sua ajudante e cúmplice. Que tal a garota do correio ou a mulher do quitandeiro? Posso muito bem

72   **O Empresário Aposentado**

imaginar você sussurrando palavras suaves para a jovem do Blue Anchor e recebendo, em troca, informações importantes. Tudo isso você deixou de fazer.

– Ainda pode ser feito.

– Já foi feito. Graças ao telefone e à ajuda da Scotland Yard, posso conseguir o essencial sem sair desta sala. Na verdade, minhas informações confirmam a história do Sr. Amberley. Ele tem a reputação de ser um avarento, além de marido exigente e ríspido. Era fato, também, que guardava uma grande soma de dinheiro naquela sala-cofre. Também é fato que o jovem Dr. Ernest, solteiro, jogava xadrez com Amberley e, provavelmente, outros jogos com sua esposa. Tudo isso parece muito simples, e poder-se-ia imaginar que não há mais nada a ser dito, e ainda assim... ainda assim...

– O que há?

– Minha imaginação, talvez. Bem, deixe estar, Watson. Vamos escapar deste cansativo dia de trabalho pela porta da música. Carina canta esta noite no Albert Hall, e ainda temos tempo para nos vestir, jantar e um pouco de diversão.

Acordei muito cedo na manhã seguinte, mas algumas migalhas de torrada e duas cascas de ovo indicavam que meu amigo acordara ainda mais cedo. Encontrei um bilhete sobre a mesa:

"Caro Watson, existem alguns pontos que desejo esclarecer com o Sr. Josiah Amberley. Quando eu terminar, poderemos encerrar o caso – ou não. Só lhe peço que esteja disponível às três da tarde, pois possivelmente precisarei de você.

Sherlock Holmes"

Não vi mais Holmes durante o dia, mas na hora marcada ele voltou, sério e reservado. Nessas ocasiões, o melhor era não incomodá-lo.

– Amberley esteve por aqui?

– Não.

– Ah! Estou esperando por ele.

O velho senhor logo chegou, com uma expressão muito preocupada e confusa no rosto austero.

– Recebi um telegrama, Sr. Holmes. Não consigo compreendê-lo.

Ele o entregou a Holmes, que o leu em voz alta:

"Venha imediatamente. Posso lhe dar informações sobre sua perda recente. Elman, Vicariato."

– Despachado às duas e dez, de Little Purlington – disse Holmes. – Creio que Little Purlington fica em Essex, perto de Frinton. Bem, é claro que vocês vão para lá imediatamente. O telegrama vem de uma pessoa responsável, o vigário local. Onde está meu catálogo... sim,

O Empresário Aposentado

aqui está; J. C. Elman, M. A., Paróquia de Mossmoor, Little Purlington. Veja o horário dos trens, Watson.

– Tem um saindo às cinco e vinte da Rua Liverpool.

– Ótimo. É melhor que você o acompanhe, Watson. O Sr. Amberley pode precisar de ajuda ou conselho. Certamente chegamos a um ponto crítico neste caso.

Mas nosso cliente não parecia nem um pouco ansioso em partir.

– Isso é um absurdo, Sr. Holmes – ele ponderou. – O que esse homem pode saber do que aconteceu? É perda de tempo e dinheiro.

– Ele não lhe enviaria um telegrama se não soubesse de algo. Responda dizendo que está a caminho.

– Eu não vou.

Holmes assumiu uma expressão muito grave.

– Causaria uma péssima impressão, tanto em mim quanto na polícia, Sr. Amberley, se, ao surgir pista tão óbvia quanto essa, o senhor se recusasse a segui-la. Acreditaríamos que não está realmente interessado na investigação.

Nosso cliente ficou horrorizado com tal sugestão.

– Ora, é claro que sigo a pista se o senhor acha que devo fazê-lo – ele respondeu. – Parece-me absurdo que esse pároco saiba de algo, mas se o senhor pensa...

– Eu realmente penso – disse Holmes, com ênfase.

E assim partimos em nossa jornada. Antes que saíssemos, Holmes me puxou de lado e me deu um conselho que considerava da maior importância.

– Não importa o que você faça, certifique-se de que ele realmente vá. Se ele fugir ou voltar, vá até o primeiro telefone que encontrar e diga apenas "sumiu". Vou tomar providências, aqui, para que a mensagem me alcance onde quer que eu esteja.

Não é muito fácil chegar a Little Purlington, pois fica em um ramal secundário. Minha lembrança da viagem não é das mais agradáveis. O tempo estava quente, o trem vagaroso e meu companheiro contrariado e quieto, praticamente sem pronunciar palavra, a não ser eventuais comentários desdenhosos sobre a futilidade de nossa jornada. Quando, afinal, chegamos à estação, ainda faltavam duas milhas para alcançar o vicariato, onde um clérigo grande e solene, quase pomposo, nos recebeu em seu escritório. Nosso telegrama estava diante dele.

– Bem, cavalheiros – ele perguntou –, o que posso fazer pelos senhores?

– Viemos – expliquei – em resposta a seu telegrama.

– Meu telegrama! Não enviei nenhum telegrama.

74 O Empresário Aposentado

– Quero dizer o telegrama que enviou ao Sr. Josiah Amberley, sobre a esposa e o dinheiro dele.

– Se é uma piada, meu senhor, é de gosto muito duvidoso – retrucou o pároco, irritado. – Nunca ouvi falar nesse senhor, tampouco enviei telegrama a quem quer que fosse.

Nosso cliente e eu entreolhamo-nos, estupefatos.

– Talvez haja algum engano – eu disse. – Existem dois vicariatos? No telegrama, está assinado Elman, enviado pelo vicariato.

– Só existe um vicariato, e apenas um vigário. Este telegrama é uma fraude escandalosa, cuja origem será investigada pela polícia. Enquanto isso, não vejo motivos para prolongar esta entrevista.

Assim, eu e o Sr. Amberley nos vimos na rua, naquele que me pareceu o vilarejo mais primitivo da Inglaterra. Fomos até o posto telegráfico, mas já estava fechado. Encontramos um telefone na hospedaria, pelo qual consegui falar com Holmes, que ficou tão espantado quanto nós com o resultado da viagem.

– Muito estranho! – disse a voz distante. – Interessantíssimo! Receio, meu caro Watson, que não haja trem para você voltar nesta noite. Vejo que o condenei aos horrores de uma pensão do interior. Contudo, sempre existe a natureza, Watson... Natureza e Josiah Amberley, você pode ficar em comunhão com ambos – ouvi o risinho seco de Sherlock Holmes antes de desligar.

Logo ficou claro que a fama de avarento do Sr. Amberley não era desmerecida. Ele reclamara das despesas de viagem, insistiu em viajarmos de terceira classe e agora fazia grandes objeções à conta da hospedagem. Na manhã seguinte, quando chegamos a Londres, era difícil dizer qual de nós dois estava com pior humor.

– É melhor que o senhor passe na Rua Baker comigo – aconselhei. – Holmes pode ter alguma nova orientação.

– Se for tão boa quanto a última, não vale a pena – comentou Amberley, com um sorriso maldoso.

Apesar disso, me acompanhou. Eu avisara Holmes, por telegrama, da hora de nossa chegada, mas encontramos um recado informando que ele estava nos esperando em Lewisham. Aquilo foi uma surpresa, mas outra ainda maior foi descobrir que Holmes não se encontrava sozinho na sala de estar de nosso cliente. Sentado ao lado dele, estava um homem de aspecto grave e impassível, com óculos escuros e um alfinete de gravata maçônico.

– Este é meu amigo, o Sr. Barker – apresentou-o Holmes. – Ele também está interessado no seu problema, Sr. Josiah Amberley, embora estejamos trabalhando de modo independente. Mas nós dois temos a mesma pergunta a lhe fazer.

O Empresário Aposentado

Amberley deixou-se cair na cadeira. Eu podia ver, nos olhos atentos e nas feições contorcidas, que ele sentia o perigo iminente.

– E qual é a pergunta, Sr. Holmes?

– Apenas esta: o que o senhor fez com os corpos?

O homem pôs-se de pé em um pulo e gritou. Sua boca permaneceu aberta e as mãos ossudas estendidas. Parecia uma horrível ave de rapina. Assim pudemos enxergar o verdadeiro Josiah Amberley, um demônio com a alma tão deformada quanto o corpo. Quando se deixou cair novamente na cadeira, levou a mão à boca, como que para abafar uma tosse inexistente. Holmes avançou sobre sua garganta como um tigre e forçou o rosto do homem em direção ao chão. Uma pílula branca caiu da boca engasgada.

– Nada de atalhos, Josiah Amberley. As coisas precisam ser feitas decentemente e com cuidado. E então, Barker?

– Tenho uma carruagem me esperando aí fora – respondeu o amigo taciturno.

– São apenas algumas centenas de metros até a delegacia. Vamos juntos. Você pode esperar aqui, Watson. Volto em menos de meia hora.

O ex-empresário guardava a força de um leão naquele corpo velho, mas nada pôde fazer contra os dois experientes detetives. Resistindo e debatendo-se, foi arrastado para a carruagem, enquanto eu fui deixado sozinho naquela casa amaldiçoada. Contudo, Holmes voltou em menos tempo do que estimara, trazendo consigo um jovem inspetor de polícia.

– Deixei Barker cuidando das formalidades – ele informou. – Você ainda não conhecia Barker, Watson. Ele é meu rival na região de Surrey. Quando você falou de um homem alto e moreno não foi difícil completar a descrição. Ele já resolveu diversos casos complicados, não é, inspetor?

– Ele já interferiu diversas vezes, é verdade – o inspetor respondeu com reserva.

– Seus métodos são irregulares, sem dúvida, assim como os meus. Nós, não oficiais, somos úteis às vezes. Por exemplo, inspetor, quando o senhor foi obrigado a avisar o suspeito de que tudo o que dissesse poderia ser usado contra ele, virtualmente eliminou a possibilidade de uma confissão.

– Talvez. Mas nós também chegamos lá, Sr. Holmes. Não pense que não desconfiávamos desse caso e que não poríamos as mãos no criminoso. Perdoe-nos por não apreciarmos sua interferência com métodos que não podemos usar, e assim roubar-nos o crédito dessa façanha.

76   **O Empresário Aposentado**

– Isso não vai acontecer, Sr. Kinnon. Garanto-lhe que, daqui para a frente, vou sumir; quanto a Barker, ele não fez nada que eu não lhe tenha dito.

O inspetor pareceu consideravelmente aliviado.

– Isso é muito digno de sua parte, Sr. Holmes. Elogios ou críticas pouco significam para o senhor, mas é diferente para nós, quando os jornais começam a fazer perguntas.

– Exato. Mas, com certeza, eles vão fazer perguntas sobre esse caso. O que vai responder, por exemplo, quando o inteligente e curioso repórter lhe perguntar quais foram os pontos que levantaram sua suspeita e finalmente lhe deram a convicção quanto aos fatos reais?

O inspetor ficou confuso.

– Parece que ainda não temos os fatos, Sr. Holmes. O senhor disse que o prisioneiro, na presença de três testemunhas, praticamente confessou, ao tentar cometer suicídio, que assassinara a esposa e o amante. Que outros fatos o senhor conhece?

– Você providenciou uma busca?

– Três policiais estão a caminho.

– Então logo encontrará os fatos mais óbvios de todos; os corpos não podem estar longe. Tente o porão e o jardim. Esta casa é mais velha que a rede pública de água. Deve ter algum poço desativado. Tente aí, primeiro.

– Mas como o senhor descobriu? E como foi executado o crime?

– Primeiro vou lhe contar como foi realizado e, depois, vou lhe dar as explicações devidas, ao senhor e ainda mais a meu pobre amigo aqui, que foi valiosíssimo o tempo todo. Em primeiro lugar, vou lhe fazer compreender a mentalidade desse homem. É bastante incomum, tanto que acredito que o destino mais apropriado a ele seja o hospício, e não a forca. Ele tem, até certo ponto, o tipo de mente que é mais fácil de associar ao italiano medieval que ao britânico moderno. É um grande avarento, e tornou a vida da esposa tão miserável com suas manias que a transformou em presa fácil para qualquer aventureiro. E um deles apareceu na figura desse médico jogador de xadrez. Amberley é muito bom enxadrista, indício, Watson, de mente ardilosa. Como todos os avarentos, é também ciumento, sendo que seu ciúme tornou-se uma mania. Com razão ou não, ele suspeitou de uma intriga. Determinado a se vingar, planejou e executou sua represália com inteligência diabólica. Venham!

Holmes conduziu-nos pelo corredor com tanta confiança que parecia já ter morado na casa. Parou diante da porta aberta da sala-cofre.

– Hum! Que cheiro forte de tinta! – exclamou o inspetor.

78 O Empresário Aposentado

– Essa foi nossa primeira pista – disse Holmes. – Pode agradecer ao Dr. Watson por ter observado isso, embora ele não tenha realizado a inferência. De qualquer modo, colocou-me no caminho certo. Por que Amberley, nessas circunstâncias, estava enchendo a casa de odores fortes? Obviamente, para encobrir outro odor indesejável, algum odor que provocaria suspeitas. Então veio a ideia de uma sala como esta, com porta de ferro, hermética. Una os dois dados, e o que sugerem? Eu só poderia ter certeza examinando a casa. Já estava convencido de que o caso era sério, pois tinha investigado a bilheteria do Teatro Haymarket, outro tiro certeiro do Dr. Watson. Verifiquei que nem o assento trinta B nem o trinta e dois B foram ocupados naquela noite. Portanto, Amberley não fora ao teatro e, assim, seu álibi caía por terra. Ele errou feio ao permitir que meu astuto amigo visse o número do assento que comprara para a esposa. A questão, para mim, era como investigar a casa. Enviei uma pessoa para o vilarejo mais inacessível em que pude pensar e enviei aquele telegrama, convocando o Sr. Amberley em uma hora que o impossibilitaria de voltar no mesmo dia. Para evitar qualquer surpresa, pedi ao Dr. Watson que o acompanhasse. Peguei o nome do vigário no catálogo. Está claro até aqui?

– O senhor é um mestre! – elogiou o inspetor, com voz reverente.

– Estando livre de interrupções, invadi a casa. Se me atraísse, poderia ter adotado a profissão de ladrão. E creio que seria um dos melhores. Vejam o que descobri. Observem o encanamento de gás junto ao rodapé. Muito bem. Ele sobe junto à parede e há um registro aqui. O cano entra na sala-cofre, como podem ver, e termina na rosa de gesso que adorna o centro do teto, onde fica escondido pelo enfeite. Aquela extremidade está aberta. A sala-cofre pode, a qualquer momento, ser inundada de gás, bastando para isso abrir o registro do lado de fora. Com a porta de ferro fechada e o gás aberto, eu não daria dois minutos para que qualquer pessoa perdesse a consciência dentro dessa câmara. Não sei de que diabólico modo o Sr. Amberley atraiu suas vítimas aí para dentro, mas, depois que entraram, estavam à sua mercê.

O inspetor examinou, interessado, o encanamento.

– Um de nossos policiais mencionou o cheiro de gás – disse. – Mas, é claro, a janela e a porta estavam abertas, e já havia um pouco de tinta fresca. De acordo com a história do Sr. Amberley, ele tinha começado a pintura no dia anterior. E depois, Sr. Holmes?

– Bem, então aconteceu um incidente inesperado. Eu saía pela janela da despensa, já de madrugada, quando senti uma mão na garganta e ouvi alguém dizendo: "E então, seu bandido, o que está

O Empresário Aposentado 79

fazendo aqui?". Quando virei a cabeça, vi os óculos escuros do meu amigo e rival, o Sr. Barker. Foi um encontro curioso, que nos fez rir. Aparentemente, ele foi contratado pela família do Dr. Ray Ernest para investigar o que ocorrera e chegou à mesma conclusão, de que havia algo de errado na história. Ele observava a casa havia alguns dias, e um dos personagens suspeitos que viu entrar aqui foi o Dr. Watson. Ele não podia prender o Dr. Watson, mas, quando viu um homem saindo pela janela da despensa, resolveu agir. Quando lhe contei o que sabia, continuamos juntos no caso.

– Por que ele, e não nós? – indagou o inspetor.

– Porque eu queria fazer aquele teste que funcionou tão bem. Receio que a polícia não iria tão longe.

O inspetor sorriu.

– Talvez não. Mas, pelo que entendi, Sr. Holmes, tenho sua palavra de que agora o senhor sai de cena e deixa para nós a apresentação dos resultados.

– Claro, é assim que costumo fazer.

– Bem, em nome da polícia, eu lhe agradeço. Do modo como coloca, o caso fica bastante óbvio, e não devemos ter dificuldade em localizar os corpos.

– Vou lhe mostrar uma pequena evidência – continuou Holmes – da qual, tenho certeza, Amberley não se deu conta. Conseguirá bons resultados, inspetor, colocando-se no lugar do outro, procurando pensar o que faria se fosse ele. Requer certo exercício de imaginação, mas compensa. Agora, vamos supor que o senhor estivesse trancado naquele quartinho, com dois minutos de vida e querendo se desforrar do demônio que provavelmente zombava de sua morte do outro lado da porta. O que faria?

– Eu escreveria uma mensagem.

– Exatamente. O senhor gostaria de informar às pessoas como morreu. Não adianta escrever no papel. Isso seria visto. Se escrevesse na parede, também. Agora, olhe aqui! Logo acima do rodapé, em lápis roxo indelével: "Nós fo...", é tudo.

– O que o senhor deduz disso?

– Está a menos de trinta centímetros do chão. O moribundo estava deitado quando escreveu. E perdeu os sentidos antes de terminar.

– Estava escrevendo "Nós fomos assassinados".

– É o que acho. Se encontrar o lápis que fez essas marcas junto aos corpos...

– Vamos procurá-lo, fique tranquilo. Mas, e os títulos roubados? É óbvio que não aconteceu nenhum roubo. Mas ele realmente possuía os títulos. Verificamos isso.

80 O Empresário Aposentado

– Devem estar escondidos em algum lugar seguro. Quando todo o caso estivesse esquecido, Amberley subitamente encontraria os títulos e diria que o casal lhe devolvera o produto do roubo.

– Parece que o senhor realmente resolveu tudo – concluiu o inspetor. – É claro que ele precisava chamar a polícia, mas não entendo por que envolveu também o senhor.

– Pura bravata! – respondeu Holmes. – Ele se sentiu tão inteligente e tão seguro de si que pensou que ninguém poderia pegá-lo. Então poderia dizer aos conhecidos que suspeitassem dele: "Veja tudo o que fiz. Não chamei só a polícia; consultei até mesmo Sherlock Holmes".

O inspetor riu.

– Vamos perdoar o "até mesmo", Sr. Holmes. Foi um dos melhores trabalhos que já presenciei.

Alguns dias depois, meu amigo mostrou-me um exemplar do bissemanal *North Surrey Observer*. Sob uma série de manchetes inflamadas, que começavam com "Horror em The Haven" e terminavam com "Brilhante Investigação Policial", havia um artigo que contava todo o caso. O último parágrafo era típico:

"A notável inteligência do Inspetor MacKinnon deduziu, pelo cheiro de tinta, que outro cheiro, de gás por exemplo, podia estar sendo oculto; a dedução de que a sala-cofre poderia ser uma câmara da morte e a posterior investigação que levou à descoberta dos corpos em um poço desativado, inteligentemente disfarçado por um canil, ficarão para sempre na história do crime como um exemplo fantástico da inteligência de nossos detetives policiais."

– Ora, ora, MacKinnon é um bom camarada – comentou Holmes, com um sorriso tolerante. – Guarde essa história em seus arquivos, Watson. Um dia ela poderá ser contada.

A Inquilina de Rosto Coberto

Quando se considera que Sherlock Holmes esteve em atividade durante vinte e três anos e que em dezessete deles me foi permitido cooperar com seu trabalho e registrar seus feitos, fica claro que disponho de muito material para escrever. Na realidade, o problema nunca foi encontrar uma história, mas escolher uma entre muitas. Tenho longas fileiras de diários, que enchem a estante, e ainda caixas repletas de documentos, fonte inestimável para os estudantes não apenas de criminologia mas também dos escândalos sociais e oficiais da era vitoriana. Quanto aos escândalos, posso garantir que nada têm a temer os remetentes angustiados de cartas nas quais imploravam pela honra de sua família ou pela preservação da reputação de seus antepassados. A discrição e o alto senso de profissionalismo que sempre distinguiram meu amigo continuam ativos na seleção destas memórias, e nenhum segredo será traído. Deploro veementemente, contudo, as tentativas de destruição desses papéis. A fonte de tais ultrajes é conhecida e, se eles se repetirem, tenho a autorização de Sherlock Holmes para divulgar ao público toda a história a respeito do político, do farol e do pelicano. Pelo menos um leitor sabe do que estou falando.

Não é razoável supor que todos esses casos deram a Holmes a oportunidade de mostrar os dons de observação e dedução que procurei destacar nestes escritos. Algumas vezes, ele precisou se esforçar muito para colher o fruto; em outras, este lhe caiu facilmente no cesto. Frequentemente, contudo, as mais terríveis tragédias humanas estavam envolvidas nos casos que lhe trouxeram as menores vantagens pessoais, e é um desses que pretendo contar agora. Na narrativa a seguir, fiz uma pequena alteração de nome e local, mas todos os fatos são reais.

Certa manhã, no começo de 1896, recebi um bilhete de Holmes solicitando minha presença com urgência. Quando cheguei, encontrei-o sentado, em meio a uma atmosfera esfumaçada, em frente a uma mulher idosa, maternal e corpulenta, com aspecto de senhoria.

82 A Inquilina de Rosto Coberto

– Esta é a Sra. Merrilow, de South Brixton – apresentou-a meu amigo, com um aceno. – A Sra. Merrilow não se opõe ao fumo, Watson, caso queira desfrutar seu vício. Ela tem uma história interessante para nos contar, que pode ter desdobramentos que tornem útil sua presença.

– No que eu puder...

– Precisa compreender, Sra. Merrilow, que, se eu for até a Sra. Ronder, vou querer levar uma testemunha. Faço-a saber disso antes de chegarmos lá.

– Deus o abençoe, Sr. Holmes – disse nossa visitante –, pois ela está tão ansiosa para vê-lo que o senhor poderia levar a paróquia inteira.

– Então iremos no começo da tarde. Vamos nos certificar dos fatos antes de dar início à ação. Se vamos até lá, seria bom que o Dr. Watson compreendesse a situação. Então, a Sra. Ronder é sua inquilina há sete anos, e a senhora só viu seu rosto uma vez.

– E desejaria que Deus não me permitisse tê-lo visto! – exclamou a Sra. Merrilow.

– Pelo que entendi, estava terrivelmente mutilado.

– Ora, Sr. Holmes, quase não se pode dizer que aquilo seja um rosto! O leiteiro a viu, uma vez, olhando pela janela, e derrubou a lata e o leite no meu jardim. Esse é o tipo de rosto que ela tem. Quando a vi, peguei-a desprevenida, ela rapidamente se cobriu, e disse "Bem, Sra. Merrilow, agora sabe por que nunca retiro o véu".

– Sabe algo sobre ela?

– Nada.

– Ela não lhe deu referências quando chegou?

– Não, senhor. Mas me deu dinheiro vivo, e um bocado de dinheiro. Colocou um trimestre adiantado na minha mesa e não discutiu as normas. Nos dias de hoje, uma mulher pobre como eu não pode desperdiçar oportunidades como essa.

– Ela lhe deu alguma razão para ter escolhido sua casa?

– A minha casa fica longe da avenida, sendo mais reservada que a maioria. Além disso, ela é a única inquilina e não tenho família. Imagino que a Sra. Ronder tenha visitado outras residências, mas achou a minha a mais adequada. Ela busca privacidade e está disposta a pagar por isso.

– A senhora disse que ela nunca mostrou o rosto, a não ser por incidente, na ocasião mencionada. Bem, é uma história notável, muito mesmo, e não me espanto de a senhora querer que eu a investigue.

A Inquilina de Rosto Coberto   83

– Mas não quero, Sr. Holmes. Por mim, fico satisfeita se ela pagar o aluguel. Não se pode desejar inquilina mais silenciosa ou que dê menos trabalho.

– Então qual é o problema?

– A saúde dela, Sr. Holmes. A mulher parece estar se acabando. E ela tem algo terrível dentro de si. "Assassino!", ela grita, "Assassino!". E uma vez ouvi-a gritar "Sua besta cruel! Seu monstro!". Foi durante a noite; ecoou pela casa, provocando-me calafrios. Fui falar com ela, de manhã. "Sra. Ronder", eu disse, "se alguma coisa está lhe perturbando a alma, fale com um padre ou com a polícia. Alguém vai lhe ajudar." "Pelo amor de Deus, a polícia não!", ela suplicou. "E um padre não pode mudar o passado. De qualquer modo, ficaria mais tranquila se alguém soubesse a verdade antes de eu morrer." "Bem", eu sugeri, "se não quer falar com a polícia, tem esse detetive sobre o qual li a respeito." Ela adorou a ideia. "É isso", ela concordou. "Como é que nunca pensei nele antes? Traga-o aqui, Sra. Merrilow. Se ele não quiser vir, diga-lhe que sou a mulher de Ronder, do espetáculo de feras. Diga-lhe isso e também mencione o nome Abbas Parva." Aqui está o que ela escreveu: Abbas Parva. "Isso fará com que ele venha, se é o homem que penso ser."

– Com certeza – disse Holmes. – Muito bem, Sra. Merrilow. Preciso conversar com o Dr. Watson. Isso vai me tomar a manhã inteira. Pode nos esperar às três da tarde em sua casa, em Brixton.

Nossa visitante se foi, bamboleando – não existe outro termo para expressar sua forma de caminhar –, e Sherlock Holmes jogou-se sobre a pilha de livros no canto da sala, virando energicamente as folhas até soltar um rugido de satisfação ao encontrar o que procurava. Ele estava tão entusiasmado que nem se levantou, permanecendo sentado como um Buda, com as pernas cruzadas e grandes livros à sua volta, além de um volume aberto sobre as pernas.

– O caso me interessou na época, Watson. Aqui estão minhas observações para estudá-lo. Confesso que não cheguei a nenhuma conclusão. Ainda assim, eu sabia que o legista estava errado. Lembra-se da tragédia de Abbas Parva?

– Não, Holmes.

– Mas você já estava comigo, na época. Eu mesmo pouco fiz a respeito, pois não tinha como seguir o caso e nenhuma das partes me contratou. Você gostaria de ler os jornais?

– Não pode me fornecer as linhas gerais?

– Claro, isso é fácil. Provavelmente você irá lembrando à medida que falo. Ronder era um nome famoso. Era rival de Wombweel e de Sanger, um dos maiores artistas de espetáculo de sua época. Há indí-

84 A Inquilina de Rosto Coberto

cios, contudo, de que Ronder começou a beber, o que fez homem e circo entrarem em decadência à época da tragédia. À noite, a caravana havia parado em Abbas Parva, um vilarejo em Berkshire, quando tudo aconteceu. Estavam a caminho de Wimbledon, viajando pela estrada, e simplesmente acamparam. Não haveria espetáculo, pois o lugar era tão pequeno que não compensaria a montagem.

"Um dos números era executado com um leão africano, o Rei do Saara. Era hábito, tanto de Ronder quanto da esposa, fazer exibições dentro da jaula do animal. Aqui, você pode ver, está uma fotografia do espetáculo, onde se constata que Ronder era enorme, porcino, enquanto a mulher era magnífica. Foi dito, no inquérito, que havia sinais de o leão ser perigoso, mas, como é natural, a familiaridade teria levado ao descuido, e o fato foi ignorado.

"Normalmente, Ronder ou a esposa alimentavam o leão à noite. Às vezes ia um deles, às vezes os dois juntos. Mas nunca permitiam que outros o fizessem, pois acreditavam que, enquanto lhes dessem a comida, o animal os veria como amigos e nunca os machucaria. Naquela noite, há sete anos, os dois foram juntos, e aconteceu algo de horrível, cujos detalhes nunca foram esclarecidos.

"Todo o acampamento foi acordado pelos rugidos do leão e pelos gritos da mulher. Todos os ajudantes e empregados saíram de suas tendas, carregando lanternas, cuja luz revelou-lhes uma visão tenebrosa. Ronder jazia, com a parte de trás da cabeça esmagada e marcas profundas das patas no couro cabeludo, a cerca de dez metros da jaula, que estava aberta. Próxima à porta, deitada de costas, a Sra. Ronder e a fera rosnando sobre ela. Seu rosto fora dilacerado de tal forma que não se imaginava poder sobreviver. Diversos homens do circo, entre eles Leonardo, o Forte, e Griggs, o Palhaço, afastaram a fera com varas, conseguindo que retornasse à jaula, onde a trancaram. Como o leão se soltara era um mistério. Foi conjeturado que, no momento em que o casal abria a jaula para entrar, o animal tenha arremetido contra a porta. Os testemunhos não apresentaram nenhum ponto de interesse, a não ser que a mulher, em delírio, gritava 'Covarde! Covarde!' enquanto era carregada para o carroção onde morava com o marido. Passaram-se seis meses antes que ela pudesse depor. Mas o inquérito foi malconduzido, e o veredicto óbvio foi morte acidental."

– O que mais se poderia pensar? – perguntei.

– Realmente. Mas houve alguns pontos que preocuparam o jovem Edmunds, da polícia de Berkshire. Rapaz esperto, aquele! Depois foi transferido para Allahabad. Foi assim que me inteirei do caso, pois ele me visitou e discutimos o assunto fumando cachimbo.

A Inquilina de Rosto Coberto   85

– Ele é magro, cabelo aloirado?

– Isso mesmo. Eu sabia que você se lembraria dele.

– E o que preocupava Edmunds?

– Bem, nós dois estávamos preocupados. Foi difícil demais reconstruir o acontecido. Veja do ponto de vista do leão. Ele é libertado. E o que faz? Dá meia dúzia de passos para a frente, o que o deixa perto de Ronder. Este se vira para fugir, as marcas de patas estavam na parte de trás da cabeça, mas o leão o derruba. Então, em vez de escapar, ele se volta para a mulher, que estava perto da jaula, também a derruba e mastiga seu rosto. Mas, então, os gritos que solta parecem implicar que o marido, de algum modo, lhe falhou. O que o infeliz poderia ter feito por ela? Percebe como é estranho?

– Claro.

– Há outro aspecto que me ocorre quando repenso o caso. Nos depoimentos, disseram que, enquanto o leão rugia e a mulher gritava, um homem também começou a gritar, aterrorizado – continuou Holmes.

– Foi o Ronder, sem dúvida.

– Ora, com o crânio amassado, ele não ia mais dar notícias. E pelo menos duas testemunhas falaram que os gritos do homem se misturavam aos da mulher.

– Imagino que todo o acampamento estivesse gritando naquele momento. Quanto aos outros pontos, acho que eu poderia sugerir uma solução – eu tentei.

– Eu gostaria de ouvir.

– Os dois estavam juntos, a dez metros da jaula, quando o leão se soltou. A mulher pensou em entrar na jaula e fechar a porta. Ela chegou até lá, mas, naquele momento, o leão correu atrás dela e a derrubou. A mulher ficou com raiva do marido, porque ele encorajou a fera ao lhe dar as costas para fugir. Se a tivessem encarado, poderiam tê-la intimidado. Daí os gritos de "covarde".

– Brilhante, Watson! Só há um defeito no seu diamante.

– E qual é, Holmes?

– Se eles estavam a dez metros da jaula, como a fera se soltou?

– Talvez algum inimigo do casal a tenha soltado...

– E por que o leão os atacaria com tal fúria, já que estava acostumado a brincar com eles e a fazer truques dentro da jaula?

– Possivelmente o mesmo inimigo fez algo para enfurecer a fera.

Holmes ficou pensativo e permaneceu em silêncio por alguns instantes.

– Bem, Watson, posso dizer o seguinte sobre sua teoria: Ronder tinha muitos inimigos. Edmunds me contou que, quando bebia, o

86 A Inquilina de Rosto Coberto

homem tornava-se um horror. Um grandalhão violento, que xingava e batia em qualquer pessoa que cruzasse seu caminho. Imagino que os gritos sobre um monstro, de que falou nossa visitante, sejam lembranças do falecido. Contudo, nossas especulações serão fúteis até que tenhamos todos os fatos. Há perdiz fria e uma garrafa de Montrachet sobre o bufê, Watson. Vamos renovar nossas energias antes de visitar aquelas senhoras.

Quando a carruagem nos deixou em frente à casa da Sra. Merrilow, encontramos aquela roliça senhora atravancando a porta de sua humilde e afastada residência. Ficou claro que sua principal preocupação era não perder inquilina tão valiosa, e ela nos implorou, antes de nos levar para dentro, que nada fizéssemos que resultasse em um desfecho desagradável. Depois de tranquilizá-la, fomos atrás dela pela escada reta e mal acarpetada, até ser introduzidos no quarto da misteriosa inquilina.

Era um lugar fechado, com cheiro de mofo mal ventilado, como se podia esperar, já que a moradora quase não saía. Por uma espécie de retribuição do destino, a mulher que guardava feras em jaulas parecia ter se tornado um animal enjaulado. Ela estava sentada em uma poltrona quebrada, em um canto escuro do quarto. Longos anos de inatividade aumentaram sua silhueta, mas ela devia ter sido belíssima, pois ainda era curvilínea e sensual. O véu pesado e escuro cobria-lhe o rosto, mas deixava ver a boca perfeita e o queixo delicado. Percebia-se que ela realmente fora uma mulher encantadora. A voz também era agradável e bem modulada.

– Meu nome não lhe é desconhecido, Sr. Holmes – começou ela. – Pensei que ele o traria até aqui.

– É verdade, madame, embora eu não soubesse que a senhora estava a par do meu interesse no caso.

– Fiquei sabendo após me recuperar, quando fui interrogada pelo Sr. Edmunds, da polícia local. Sinto ter mentido para ele. Talvez fosse mais sensato ter lhe contado a verdade.

– Geralmente é mais sensato falar a verdade. Mas por que a senhora mentiu para ele?

– Porque o destino de outra pessoa dependia disso. Eu sabia que ele era um ser desprezível, mas não queria sua destruição em minha consciência. Tínhamos sido tão íntimos... tão íntimos!

– E esse impedimento não existe mais?

– Não, senhor. A pessoa de que falo morreu.

– Então por que agora não conta para a polícia o que sabe?

– Porque tenho de pensar em outra pessoa. Essa outra pessoa sou eu mesma. Eu não suportaria o escândalo e a publicidade que sucede-

A Inquilina de Rosto Coberto   87

riam a uma investigação policial. Não me restam muitos anos de vida, mas gostaria de morrer sossegada. Ainda assim, queria encontrar um homem para quem pudesse contar minha terrível história, de modo que, quando eu me for, tudo seja esclarecido.

– Obrigado pela escolha. Por outro lado, sou um homem responsável. Não lhe prometo que, quando a senhora terminar, eu não julgue ser meu dever contar o caso à polícia.

– Não acredito nisso, Sr. Holmes. Conheço seu caráter e seus métodos muito bem, pois venho acompanhando seu trabalho há vários anos. Ler é o único prazer que o destino me deixou, e pouco deixo passar do que acontece no mundo. De qualquer modo, vou arriscar quanto ao que o senhor fará com minha tragédia. Contar-lhe vai me aliviar a consciência.

– Eu e meu amigo estamos prontos para ouvi-la.

A mulher se levantou e pegou, em uma gaveta, a fotografia de um homem. Tratava-se, evidentemente, de um acrobata. Dotado de físico magnífico, o homem estava com os braços enormes cruzados à altura do peito musculoso e sorria por baixo do volumoso bigode – um sorriso de satisfação por suas muitas conquistas.

– Este é Leonardo – ela explicou.

– Leonardo, o Forte, que depôs no inquérito?

– O próprio. E este... este é meu marido.

Era um rosto terrível, um homem-porco, ou melhor, um javali humano, pois sua bestialidade era evidente. Podia-se facilmente imaginar aquela boca vil xingando e espumando de raiva, da mesma forma que era possível conceber aqueles olhinhos maliciosos disparando maldade pura enquanto fitavam o mundo. Valentão, animalesco, rufião – tudo isso estava escrito naquele rosto gordo.

– Essas duas fotografias vão ajudá-los a compreender a história – ela continuou. – Eu era uma pobre garota de circo criada em meio à serragem e que já saltava entre as argolas antes dos dez anos. Quando me tornei mulher, esse homem se apaixonou por mim, se é que se pode chamar luxúria de amor, e num mau momento me tornei sua esposa. Daquele dia em diante, vivi no inferno, e era o próprio diabo que me atormentava. Não havia pessoa no circo que não soubesse como eu era tratada por ele. Ele ficava com outras mulheres e me amarrava e açoitava com seu chicote de montaria quando eu reclamava. Todos tinham pena de mim e o odiavam, mas o que podiam fazer? Tinham medo dele, cada um dos meus colegas. Pois, se ele era normalmente terrível, quando bebia virava quase um assassino. Diversas vezes foi punido por agressão e também por crueldade com os animais, mas,

88 A Inquilina de Rosto Coberto

como tinha muito dinheiro, as multas nada representavam para ele. Os melhores artistas nos deixaram, e logo o espetáculo começou a deteriorar. Somente eu e Leonardo, além do pequeno Jimmy Griggs, o Palhaço, continuamos. Pobre Jimmy! Ele não tinha muito como ser divertido, mas fazia o possível.

"Então Leonardo começou, mais e mais, a fazer parte de minha vida. Os senhores viram a aparência dele. Agora eu sei que espírito fraco se escondia naquele corpo esplêndido, mas, comparado ao meu marido, ele parecia o próprio Anjo Gabriel. Penalizado, ele me ajudava, até que nossa amizade transformou-se em amor – profundo, apaixonado, o amor com que eu sonhava, mas pelo qual nunca ousava esperar. Meu marido suspeitava, mas acho que o valentão era, na verdade, um covarde. Leonardo era o único homem de que ele tinha medo, e vingava-se torturando-me ainda mais. Certa noite, meus gritos conduziram Leonardo até a porta de nosso carroção. Quase tivemos uma tragédia então. Assim, eu e meu amante compreendemos o que não podia ser evitado. Meu marido não podia continuar vivo. Planejamos sua morte.

"Leonardo era inteligente e engenhoso. Foi ele que planejou tudo. Não digo isso para culpá-lo, pois eu me entreguei totalmente ao plano. Mas nunca teria conseguido planejar algo assim. Fizemos um porrete – Leonardo o fez –, em cuja cabeça de chumbo ele fincou cinco unhas de aço, com as pontas para fora, exatamente do tamanho de uma pata de leão. Era com essa arma que o golpe fatal seria dado em meu marido. Desse modo, as evidências apontariam para o leão, que soltaríamos.

"Era uma noite muito escura quando eu e meu marido fomos, como era nosso costume, alimentar o animal. Carregávamos a carne crua em um balde de zinco. Leonardo esperava atrás do grande carroção pelo qual teríamos de passar no caminho para a jaula. Entretanto Leonardo foi muito lerdo, de modo que passamos por ele antes que conseguisse atacar. Mas ele nos seguiu na ponta dos pés, e ouvi o estrondo que o porrete fez ao esmagar o crânio de meu marido. Meu coração pulou de alegria com aquele som. Corri até a jaula e soltei o fecho que prendia a porta.

"Então, o pior aconteceu. Os senhores já devem ter ouvido sobre como essas criaturas são rápidas para sentir o cheiro do sangue humano e sobre como isso as excita. O instinto animal fez a criatura perceber imediatamente que um ser humano fora morto. Assim que retirei as barras, o leão pulou para fora e, num instante, estava em cima de mim. Leonardo poderia ter me salvado. Se tivesse corrido e acertado o animal com o porrete, talvez o tivesse afugentado. Mas

A Inquilina de Rosto Coberto

ele entrou em pânico. Eu o ouvi gritar, aterrorizado, e pude vê-lo fugindo. No mesmo instante, os dentes do leão cravaram-se em meu rosto. Seu bafo quente e pestilento já me envenenara, e quase não senti dor. Com a palma das mãos tentava empurrar aquelas mandíbulas espumantes e ensanguentadas de cima de mim enquanto gritava por socorro. Percebi que o acampamento estava em alvoroço e, vagamente, notei um grupo de homens – Leonardo, Jimmy e outros – puxando-me de sob as patas da criatura. Essa é minha última lembrança, Sr. Holmes, inclusive dos longos meses de recuperação. Quando recobrei a consciência e me vi no espelho, amaldiçoei aquele leão – ah, como eu o odiei! Não apenas porque estragara minha beleza, mas porque estragara minha vida. Eu tinha um único desejo, Sr. Holmes, e dinheiro suficiente para satisfazê-lo: cobrir-me de modo que ninguém jamais visse meu rosto e morar onde nenhuma pessoa conhecida pudesse me encontrar. Isso era tudo que me restava, e é tudo o que tenho feito. Um animal ferido que rastejou até sua toca para morrer – esse é o fim de Eugênia Ronder."

Permanecemos em silêncio por alguns momentos depois que aquela infeliz mulher nos contou sua história. Então, Holmes estendeu seu longo braço e tocou a mão da mulher, em uma demonstração de simpatia que eu raramente presenciava.

– Pobre garota! – ele disse. – Pobre garota! Os caminhos do destino realmente são difíceis de compreender. Se não houver recompensa depois da vida, então o mundo é apenas uma brincadeira cruel. E o que aconteceu a Leonardo?

– Nunca mais o vi ou soube dele. Talvez eu esteja errada em guardar tanta mágoa dele. Talvez tenha se apaixonado por uma das aberrações que o circo carrega pelo país, do mesmo modo que amou esta coisa que o leão deixou. Mas o amor de uma mulher não acaba tão facilmente. Ele me deixou sob as garras daquela fera, abandonou-me quando eu mais precisava e, mesmo assim, não consigo odiá-lo. Quanto a mim, não me importo com o que me tornei. O que poderia ser mais terrível do que minha vida atual? Mas não deixei que Leonardo pagasse pelo que fez.

– E ele morreu?

– Afogou-se no mês passado, quando se banhava perto de Margate. Li sobre sua morte no jornal.

– E o que ele fez com o porrete de cinco unhas, que é a parte mais engenhosa dessa história?

– Não sei dizer, Sr. Holmes. Há um poço de greda no local onde acampamos na ocasião, com água em seu fundo. Talvez nas profundezas desse poço...

A Inquilina de Rosto Coberto

– Ora, ora, pouco importa agora. O caso está encerrado.

– Sim – concordou a mulher. – O caso está encerrado.

Havíamos nos levantado para sair, mas algo na voz daquela mulher atraiu a atenção de Holmes. Ele se virou rapidamente para ela.

– Sua vida não lhe pertence – ele disse. – Não acabe com ela.

– Tenho alguma serventia para alguém?

– Quem pode saber? O exemplo de sofrimento paciente é a lição mais preciosa de todas nesse mundo impaciente.

A resposta da mulher foi terrível. Ela ergueu o véu e caminhou até a luz.

– Será que o senhor conseguiria suportar isto?

Era horrível. Não existem palavras para descrever um rosto que já não existe. Dois belos olhos castanhos nos fitavam tristemente daquela assustadora ruína, tornando a visão ainda mais terrível. Holmes ergueu sua mão num gesto de piedade e protesto e, juntos, saímos daquele quarto.

Dois dias depois, ao visitar meu amigo, ele me mostrou, com certo orgulho, uma garrafinha azul sobre a lareira. Ela tinha rótulo de veneno. Peguei-a e, quando a abri, exalou um agradável odor de amêndoas.

– Ácido cianídrico? – perguntei.

– Exatamente. Chegou pelo correio. Veio com a seguinte mensagem: "Envio-lhe minha tentação. Vou seguir seu conselho". Creio, Watson, que podemos imaginar o nome da mulher corajosa que o enviou.

O Velho Solar de Shoscombe

Após um bocado de tempo abaixado sobre o microscópio Sherlock Holmes se endireitou e lançou-me um olhar de triunfo.

– É cola, Watson – disse. – Sem dúvida, é cola. Veja esses objetos espalhados no campo!

Dobrei-me sobre o aparelho e ajustei-o à minha vista.

– Esses pelos são fios de um casaco de *tweed*. As massas irregulares são poeira. À esquerda, há escamas epiteliais. As bolhas marrons, no centro, são cola, sem dúvida.

– Bem – eu repliquei, rindo –, estou pronto para acreditar no que está me dizendo. Alguma coisa depende disso?

– Trata-se de uma bela demonstração – Holmes respondeu. – Você deve se lembrar de que, no caso de St. Pancras, um chapéu foi encontrado ao lado do policial morto. O acusado nega que o chapéu seja dele. Mas ele é um moldureiro, que normalmente trabalha com cola.

– É um de seus casos?

– Não. Meu amigo Merivale, da Scotland Yard, pediu-me uma opinião. Desde que eu desmascarei aquele falsificador encontrando cobre e zinco no punho de sua camisa, a Yard começou a perceber a importância do microscópio – impaciente, ele consultou o relógio. – Estou esperando um novo cliente, mas parece que se atrasou. A propósito, Watson, sabe algo a respeito de corridas de cavalos?

– Tenho de saber. Deixo nelas metade da pensão que recebo do Exército por causa do meu ferimento.

– Então você vai ser meu "Manual Prático do Turfe". E quanto a *Sir* Robert Norberton? O nome lhe diz algo?

– Diria que sim. Ele mora no Velho Solar de Shoscombe, lugar que conheço bem, pois estive aquartelado por ali, certo verão. Norberton quase entrou no seu campo de pesquisa, uma vez.

– Como foi isso?

94   **O Velho Solar de Shoscombe**

– Foi quando ele chicoteou Sam Brewer, famoso agiota da Rua Curzon, em Newmarket Heath. Quase matou o homem.

– Ah, que interessante! Ele costuma se comportar dessa forma?

– Bem, ele tem fama de ser perigoso. É o cavaleiro mais ousado da Inglaterra, tendo chegado em segundo lugar no Grand National, há alguns anos. É um desses homens que vai além dos limites da idade. Foi um janota nos tempos da Regência, boxeador, atleta, grande apostador, amante de belas mulheres e, pelo que se diz, perdeu-se nas encruzilhadas da vida e talvez nunca mais encontre o caminho de volta.

– Muito bem, Watson! Um retrato detalhado. Parece que já o conheço. Agora, pode me dar uma ideia do Velho Solar de Shoscombe?

– Apenas que fica no meio do Parque de Shoscombe, e que é onde ficam os famosos centros de reprodução e treinamento.

– E que o chefe dos treinadores é John Mason – completou Holmes. – Não precisa ficar tão surpreso com meu conhecimento, Watson, pois esta carta que estou abrindo veio dele. Mas vamos saber um pouco mais de Shoscombe. Parece que deparei com um veio rico.

– Existem, também, os Shoscombe Spaniels – continuei. – Estão em todas as exposições de cães. A raça mais exclusiva da Inglaterra. São motivo de orgulho para a senhora do Velho Solar de Shoscombe.

– A esposa de *Sir* Robert Norberton, imagino.

– *Sir* Robert nunca se casou. Ainda bem, eu creio, pensando nas perspectivas. Ele mora com a irmã viúva, *Lady* Beatrice Falder.

– Você quer dizer que ela mora com ele.

– Não, não. O lugar pertencia ao falecido marido da irmã, *Sir* James. Norberton não tem nenhum direito ali. A irmã tem apenas o usufruto da propriedade, que reverterá ao irmão de seu marido. Enquanto isso, ela retira as rendas, todos os anos.

– E o irmãozinho Robert, suponho, gasta as tais rendas?

– É assim que funciona. Ele é um sujeito ruim, que deve proporcionar à irmã uma vida bem desagradável. Ainda assim, eu soube que ela gosta muito dele. Mas o que há de errado em Shoscombe?

– Ah, isso é o que eu desejo saber. E aí está, espero, o homem que irá nos dizer.

A porta foi aberta e o criado introduziu um homem alto, bem barbeado, com aquela expressão austera que se percebe nos homens que lidam com cavalos ou garotos. O Sr. John Mason tinha muito dos dois sob suas ordens, e parecia à altura da tarefa. Fez uma reverência contida e se sentou na cadeira que Holmes lhe indicou.

– Recebeu minha carta, Sr. Holmes?

– Recebi, mas ela não explica muita coisa.

– Era muito delicado, para mim, colocar os detalhes no papel. Além de ser complicado. Só poderia fazê-lo pessoalmente.

– Estou à sua disposição.

– Em primeiro lugar, Sr. Holmes, acho que meu patrão, *Sir* Robert, ficou louco.

Holmes ergueu as sobrancelhas.

– Sou detetive, não psiquiatra – ponderou. – Mas por que diz isso?

– Ora, quando um homem comete uma extravagância ou duas, pode ter algum significado, mas, quando tudo o que faz é extravagante, a gente começa a pensar. Acho que o Príncipe de Shoscombe e o Derby viraram sua cabeça.

– Trata-se do cavalo que está treinando?

– É o melhor da Inglaterra, Sr. Holmes. Sei isso mais que qualquer outro. Agora, vou ser sincero com os senhores; sei que são cavalheiros honrados e que o que eu disser não vai sair desta sala. *Sir* Robert precisa ganhar o Derby. Está atolado até o pescoço, e essa é sua última chance. Tudo o que ele pode levantar ou tomar emprestado está no cavalo; e nas apostas, também, que estão pagando muito bem! Hoje é possível conseguir cerca de quarenta para um, mas quando ele começou a apostar estava perto de cem.

– Mas como isso se o cavalo é tão bom?

– O público não sabe. *Sir* Robert foi muito esperto. Ele tem usado o meio-irmão do Príncipe nas corridas. Não se consegue distinguir um do outro. Mas o Príncipe coloca dois corpos de vantagem sobre o irmão quando galopam. *Sir* Robert não pensa em outra coisa, a não ser no cavalo e na corrida. Toda a vida dele depende disso. Ele tenta manter os agiotas longe até lá. Se o Príncipe perder, *Sir* Robert estará acabado.

– Parece uma aposta desesperada, mas onde entra a loucura?

– Em primeiro lugar, precisam dar uma olhada nele. Acredito que não tem dormido à noite. Fica no estábulo o tempo todo, os olhos sempre injetados. Tem sido demais para seus nervos. E ainda tem o comportamento de *Lady* Beatrice.

– Ah, como é isso?

– Eles sempre foram ótimos amigos. Tinham os mesmos gostos, e ela amava os cavalos do mesmo jeito que o irmão. Todo dia, à mesma hora, ela ia ao estábulo ver os animais. Acima de todos, gostava do Príncipe. Ele esticava as orelhas quando ouvia as rodas nas pedras,

96   **O Velho Solar de Shoscombe**

e ia trotando até a carruagem para ganhar seu torrão de açúcar. Mas isso acabou.

– Por quê?

– Bem, ela parece ter perdido todo o interesse nos cavalos. Faz uma semana que passa direto pelo estábulo, sem nem dizer "bom dia"!

– Acha que eles brigaram?

– E deve ter sido uma briga violenta e amarga. Senão, por que *Sir* Robert teria dado o cachorrinho que pertencia à irmã, que ela amava como se fosse seu filho? Ele o deu há alguns dias para o velho Barnes, dono da estalagem Green Dragon, que fica a uns cinco quilômetros de lá, em Crendall.

– Isso realmente parece estranho.

– É claro que, sendo ela cardíaca e hidrópica, ninguém havia de esperar que circulasse na sociedade como o irmão, mas ele passava duas horas por noite no quarto dela. *Sir* Robert fazia todo o possível, porque ela era uma ótima amiga. Mas tudo isso acabou. Ele nem se aproxima mais dela. E a situação está fazendo mal a *Lady* Beatrice. Está deprimida e bebendo, Sr. Holmes, bebendo como um vagabundo.

– Ela bebia antes da briga?

– Ora, ela tomava seu copinho, mas agora é uma garrafa inteira por noite. Foi o que Stephens, o mordomo, me disse. Tudo mudou, Sr. Holmes, e tem algo de podre aí. O que, então, o patrão vai fazer à noite na velha cripta da igreja? E quem é o homem que ele vai encontrar lá?

Holmes esfregou as mãos.

– Continue, Sr. Mason. A história está cada vez mais interessante.

– Foi o mordomo quem o viu. Era meia-noite e chovia muito. Na noite seguinte eu fiquei perto da casa e lá foi o patrão de novo. Eu e Stephens o seguimos, mas foi arriscado, porque ele acabaria conosco se nos visse. *Sir* Robert é terrível com os punhos quando luta, e não respeita ninguém. Assim, ficamos com medo de nos aproximarmos muito, mas ficamos à espreita. Ele estava indo para a cripta assombrada, e lá um homem o esperava.

– O que é essa "cripta assombrada"?

– Existe uma velha capela em ruínas no parque. É tão antiga que ninguém conseguiu determinar quando foi construída. No subsolo, fica uma cripta de triste fama entre nós. É um lugar escuro, úmido e isolado durante o dia, e poucos na região teriam coragem de ir até lá de noite. Mas o patrão não tem medo. Ele nunca teve medo de nada. Mesmo assim, o que vai fazer lá no meio da noite?

O Velho Solar de Shoscombe 97

– Espere um pouco! – interrompeu Holmes. – O senhor disse que havia um outro homem na cripta. Deve ser algum funcionário da propriedade ou da casa! O senhor só tem de ver quem é e perguntar-lhe o que está acontecendo.

– Não é ninguém que eu conheça.

– Como pode ter certeza?

– Eu dei uma olhada nele, Sr. Holmes. Foi na segunda noite. *Sir* Robert voltou e passou por nós; eu e Stephens estávamos escondidos entre os arbustos, como dois coelhinhos, pois a lua iluminava tudo. Pudemos ouvir o outro homem se mexendo lá atrás. Dele, não tínhamos medo. Depois que *Sir* Robert passou, nós nos levantamos e fingimos estar apenas dando um passeio ao luar. Caminhamos em direção ao homem e procuramos parecer inocentes: "Olá, amigo! Quem é o senhor?", eu perguntei. Acho que ele não nos ouviu chegando, pois se virou com cara de quem viu o diabo sair do inferno. Soltou um grito e saiu correndo para dentro da escuridão. Como corria o sujeito! Em um minuto, tinha sumido, e não pudemos saber quem ou o que era.

– Mas conseguiu vê-lo claramente sob a luz do luar?

– Consegui. Vi sua cara amarela; um sujeitinho reles, posso dizer. Que assunto pode ter com *Sir* Robert?

Holmes refletiu durante alguns instantes.

– Quem faz companhia a *Lady* Beatrice Falder? – indagou, afinal.

– A criada pessoal dela, Carrie Evans. Está com a patroa há cinco anos.

– E é dedicada, sem dúvida?

O Sr. Mason remexeu-se, desconfortável.

– Muito dedicada – respondeu, por fim –, mas não posso dizer a quem.

– Ah! – exclamou Holmes.

– Não posso ficar espalhando fofocas.

– Compreendo, Sr. Mason. Bem, a situação é clara. Pela descrição de *Sir* Robert, que o Dr. Watson me forneceu, imagino que nenhuma mulher esteja a salvo dele. Não acha que aí pode estar o motivo da briga entre os irmãos?

– Faz tempo que esse escândalo é conhecido.

– Talvez *Lady* Beatrice não tenha sabido antes. Vamos supor que, de repente, ela descobriu. Quer se livrar da criada, mas o irmão não deixa. A inválida, com o coração fraco e incapacidade de se locomover, não tem como impor sua vontade. A detestável criada continua ligada a ela. A patroa recusa-se a falar, entra em depressão e começa a beber. Enfurecido, *Sir* Robert tira-lhe o cão de estimação. Não parece fazer sentido?

98   O Velho Solar de Shoscombe

– Pode ser... até aqui.

– Exatamente. Até aqui. Como isso se encaixa nas visitas noturnas à velha cripta? Nossa teoria não sustenta esse fato.

– Não, senhor, e tem mais uma coisa que ela não sustenta. Por que *Sir* Robert desenterraria um cadáver?

Holmes aprumou-se na cadeira.

– Só descobrimos ontem – continuou o Sr. Mason –, depois que lhe escrevi. *Sir* Robert veio a Londres ontem, então eu e Stephens fomos até a cripta. Estava tudo em ordem, a não ser pelas partes de um corpo humano jogadas num canto.

– Imagino que tenha informado a polícia?

Nosso visitante sorriu nervosamente.

– Ora, acho que isso não iria interessá-los. Era só a cabeça e alguns ossos de uma velha múmia. Talvez tenha mais de mil anos. Mas não estava lá antes. Posso jurar, e também Stephens. Foi colocada naquele canto e coberta por uma tábua. Mas aquele canto estava vazio, antes.

– E o que vocês fizeram?

– Bem, deixamos a coisa lá.

– Fizeram bem. O senhor disse que *Sir* Robert tinha saído ontem. Já voltou?

– Ele é esperado hoje.

– Quando *Sir* Robert deu o cachorro da irmã?

– Hoje faz uma semana. O bicho ficava uivando perto da antiga casa do poço, e *Sir* Robert estava em um de seus dias. Quando pegou o animal, pensei que o fosse matar. Então, entregou-o a Sandy Bain, o jóquei, e disse-lhe que desse o cachorro ao velho Barnes, do Green Dragon, e que nunca mais queria ver o bicho.

Holmes permaneceu em silêncio, pensativo. Então acendeu seu cachimbo mais velho e malcheiroso.

– Ainda não sei exatamente o que quer que eu faça, Sr. Mason – ele disse afinal. – Pode ser mais específico?

– Talvez isto seja mais específico, Sr. Holmes – respondeu o visitante, retirando um embrulho do bolso. Abriu-o cuidadosamente e expôs um fragmento de osso queimado. Holmes examinou-o com interesse.

– Onde o conseguiu?

– Existe uma fornalha de aquecimento central no porão, debaixo do quarto de *Lady* Beatrice. Estava desativada há algum tempo, mas *Sir* Robert reclamou do frio e mandou acendê-la novamente. Harvey, um dos meus garotos, é quem a opera. Nesta manhã ele me trouxe isto, que encontrou no meio das cinzas. O garoto não gostou nada do que encontrou.

O Velho Solar de Shoscombe

– Eu também não – retrucou Holmes. – O que acha, Watson?

Era agora um carvão, mas não havia dúvida quanto à forma anatômica.

– É o côndilo superior de um fêmur humano – eu concluí.

– Exatamente! – Holmes tornara-se muito sério. – Quando o garoto está na fornalha?

– Ele a acende no começo da noite e depois vai embora.

– Então, qualquer pessoa poderia ir até lá durante a noite?

– Sim, senhor.

– É possível entrar por fora?

– Há uma porta externa e outra que dá para a escada que sobe até o corredor, onde fica o quarto de *Lady* Beatrice.

– Estamos em águas profundas, Sr. Mason, profundas e sujas. Disse que *Sir* Robert não estava em casa na noite passada?

– Não, senhor.

– Então, quem quer que esteve queimando ossos, não era ele.

– É verdade.

– Qual é o nome da estalagem de que falou?

– Green Dragon.

– Há boa pesca naquela parte de Berkshire?

A expressão no rosto do franco treinador mostrou que ele pensava que outro lunático acabava de entrar em sua vida atribulada.

– Ouvi dizer que tem truta no ribeirão do moinho e lúcio no lago da mansão – respondeu, um pouco reticente.

– Muito bom. Eu e Watson somos excelentes pescadores, não somos, Watson? Em breve, o senhor poderá nos encontrar no Green Dragon. Chegaremos lá nesta noite. Não preciso dizer que o senhor não deve nos procurar, mas pode fazer um bilhete chegar até nós. Do meu lado, tenho certeza de que o encontrarei se for preciso. Quando avançarmos nas investigações, vou lhe dar minha opinião.

Foi por isso que, em uma clara noite de maio, eu e Holmes estávamos em um vagão de primeira classe a caminho da pequena estação de Shoscombe. O bagageiro acima de nós estava entulhado de molinetes, varas e cestos. Chegando ao destino, uma carruagem nos levou à velha estalagem, onde o proprietário, Josiah Barnes, participou alegremente de nossos planos de aliviar a vizinhança de seus peixes.

– Qual é a chance de encontrarmos lúcio no lago da mansão? – perguntou Holmes.

O rosto do estalajadeiro se fechou.

– Não é uma boa ideia, meu senhor. É mais fácil que o senhor acabe no lago antes da isca.

100   O Velho Solar de Shoscombe

– Como assim?

– *Sir* Robert. Ele tem ódio de olheiros. Se dois estranhos como os senhores aparecerem perto do centro de treinamento, é certeza de que vai lhes cair na pele. Ele não vai arriscar, não *Sir* Robert.

– Ouvi dizer que ele inscreveu um cavalo no Derby.

– É verdade, um belo potro. Todo o nosso dinheiro está nele, nessa corrida. E também tudo que *Sir* Robert tem. A propósito, suponho que os senhores não estejam interessados na corrida?

– Não, de modo algum. Somos apenas dois londrinos cansados, precisando do bom ar de Berkshire.

– Vieram ao lugar certo. Temos bastante ar por aí. Mas lembrem--se do que falei sobre *Sir* Robert. Ele é do tipo que ataca primeiro e comunica depois. Mantenham-se longe do parque.

– Claro, Sr. Barnes. Com certeza, manteremos distância. Mudando de assunto, o senhor tem um belo cachorro ganindo no vestíbulo.

– Tenho de concordar. Aquele é um verdadeiro Shoscombe. Não há cão melhor na Inglaterra.

– Eu sou um apreciador de cães – disse Holmes. – Se não se importa que eu pergunte, quanto custa um cão desses?

– Mais do que eu posso pagar. Foi o próprio *Sir* Robert que me deu este. Por isso, tenho de mantê-lo na corrente. Se o soltar, volta correndo para a mansão.

– Estamos conseguindo algumas cartas boas, Watson – comentou Holmes depois que o estalajadeiro nos deixou a sós. – O jogo não é fácil, mas vamos ter nossa chance em um ou dois dias. Ouvi dizer que *Sir* Robert ainda está em Londres. Talvez possamos penetrar em seus sagrados domínios sem medo de lesões corporais. Quero me certificar de alguns pontos.

– Já tem alguma teoria, Holmes?

– Somente esta, Watson: aconteceu algo há cerca de uma semana que mudou a vida naquela casa. O que foi? Somente podemos desco-brir a partir de seus efeitos, e estes são de uma natureza curiosamente mista. Mas talvez isso nos ajude. Somente há pouca esperança quando o caso é pálido, sem características marcantes. Vamos ponderar as informações que temos. O irmão não mais visita a querida irmã invá-lida. Ele dá o cachorro favorito dela. O cachorro dela, Watson! Isso lhe sugere alguma coisa?

– Nada, a não ser o ressentimento do irmão.

– Pode ser. Ou... bem, existe uma alternativa. Vamos continuar nossa análise da situação desde a briga. Se é que houve uma briga. *Lady* Beatrice fica trancada no quarto, muda seus hábitos e não é mais

O Velho Solar de Shoscombe 101

vista, a não ser quando sai de carruagem com a criada; recusa-se a parar nos estábulos para ver seu cavalo preferido e, aparentemente, começa a beber. Isso é tudo, não é?

– Exceto pela questão da cripta.

– Essa é outra linha de pensamento. São duas, e peço-lhe que não as misture. A linha A, que diz respeito a *Lady* Beatrice, tem aspecto vagamente sinistro, não lhe parece?

– Não sei o que pensar.

– Vamos, então, examinar a linha B, que diz respeito a *Sir* Robert. Está determinado a vencer o Derby. Está nas mãos dos agiotas e pode, a qualquer momento, ter sua dívida executada e os estábulos tomados pelos credores. É um homem ousado e desesperado. Sua renda vem da irmã. A criada da irmã está a seu serviço. Até aqui estamos em terreno firme, não?

– Mas e a cripta?

– Ah, sim, a cripta! Vamos supor, Watson, e seria uma suposição escandalosa, apenas como hipótese argumentativa, que *Sir* Robert tenha acabado com a irmã.

– Meu caro Holmes, isso está fora de cogitação.

– Talvez sim, Watson. *Sir* Robert é homem de linhagem honrada. Mas, de vez em quando, encontramos abutres voando ao lado de águias. Vamos, por um instante, aceitar tal suposição. Ele não poderia fugir do país até receber sua fortuna, e esta só poderá ser recebida por meio do Príncipe de Shoscombe, no Derby. Portanto, ele tem de permanecer na propriedade. E, para isso, precisa se livrar do corpo da vítima e arrumar uma substituta para ocupar seu lugar. Tendo a criada como cúmplice, isso não seria difícil. O corpo da irmã poderia ser levado até a cripta, lugar raramente visitado, e ser destruído em segredo, à noite na fornalha, deixando as evidências que nos foram mostradas. O que me diz disso, Watson?

– Tudo é possível, aceitando-se a monstruosa suposição original.

– Acho que podemos fazer uma pequena experiência amanhã, Watson, para verificar se conseguimos algum esclarecimento. Enquanto isso, se quisermos sustentar nossos papéis, sugiro que convidemos nosso anfitrião para um copo de seu próprio vinho e uma conversa sobre enguias e tainhas, o que me parece um caminho garantido para lhe conquistar a amizade. Talvez, em meio à conversa, fiquemos sabendo de alguma fofoca local.

Pela manhã, Holmes inventou que esquecêramos parte do equipamento, o que nos absolvia de pescar naquele dia. Às onze horas, saímos para caminhar, sendo que ele obteve permissão para levar o cachorro conosco.

102   O Velho Solar de Shoscombe

– Este é o lugar – indicou Holmes quando chegamos aos altos portões do parque, encimados por brasões heráldicos. – O Sr. Barnes me disse que, por volta do meio-dia, *Lady* Beatrice sai para seu passeio. A carruagem tem de diminuir de velocidade enquanto os portões são abertos. Quando ela passar, e antes de começar a ganhar velocidade, quero que você, Watson, pare o cocheiro com alguma pergunta. Não se preocupe comigo. Vou ficar atrás deste arbusto e ver o que consigo.

A vigília não foi demorada. Quinze minutos depois, vimos o grande landau amarelo aberto descendo pela longa avenida, puxada por dois esplêndidos cavalos cinzentos. Holmes abaixou-se atrás do arbusto com o cachorro. Eu permaneci, balançando a bengala e tentando parecer despreocupado, no meio do caminho. Um guarda-caça correu para abrir os portões.

A carruagem diminuiu o ritmo e eu pude dar uma boa olhada em seus ocupantes. Uma jovem de cabelo claro e olhos maliciosos sentava-se à esquerda. À sua direita, estava uma pessoa idosa, corcunda e com diversos xales cobrindo-lhe ombros e rosto. Devia ser a inválida. Quando os cavalos chegaram à estrada, ergui a mão, em um gesto imperativo. O cocheiro parou e eu lhe perguntei se *Sir* Robert estava no Velho Solar de Shoscombe.

No mesmo instante, Holmes saiu do esconderijo e soltou o cachorro. Este, com um latido de alegria, disparou para a carruagem e pulou no estribo. Imediatamente, sua alegre saudação tornou-se fúria, e ele tentou morder a saia preta logo acima.

– Vá embora! Vá embora! – guinchou uma voz. O cocheiro chicoteou os cavalos e fomos deixados para trás.

– Bem, Watson, é isso – disse Holmes enquanto prendia o agitado cachorro na corrente. – Primeiro, ele pensou que fosse sua dona, mas descobriu que era um estranho. Cachorros não se enganam.

– Mas era voz de homem! – exclamei.

– Exatamente! Conseguimos mais uma carta, que precisa ser usada com cuidado.

Meu amigo parecia não ter mais planos para o resto do dia, de modo que realmente usamos nosso equipamento para pescar no ribeirão do moinho, onde conseguimos truta para o jantar. Foi somente depois dessa refeição que Holmes quis retomar as atividades. Mais uma vez, encontramo-nos na mesma estrada que, pela manhã, nos levara aos portões do parque. Um homem alto e moreno nos esperava lá; era o Sr. John Mason, o treinador.

O Velho Solar de Shoscombe

103

– Boa noite, senhores – ele nos cumprimentou. – Recebi seu recado, Sr. Holmes. *Sir* Robert ainda não voltou, mas eu soube que é esperado para esta noite.

– Qual a distância entre a cripta e a casa? – perguntou Holmes.

– Uns quatrocentos metros.

– Então, acho que podemos ignorar *Sir* Robert totalmente.

– Não posso fazer isso, Sr. Holmes. Ele vai querer me ver assim que chegar, para saber as últimas notícias sobre o Príncipe de Shoscombe.

– Compreendo! Nesse caso, vamos ter de trabalhar sem o senhor. Pode nos mostrar onde fica a cripta e depois nos deixar sozinhos.

A noite estava fechada, sem luar, mas Mason conduziu-nos pela pradaria até que o volume escuro à nossa frente revelou-se a velha capela. Entramos pela ruína que já fora o pórtico, e nosso guia, tropeçando nas pilhas de alvenaria, levou-nos até a escada íngreme que descia para a cripta. Riscando um fósforo, ele iluminou aquele lugar melancólico, sinistro e malcheiroso, com paredes desmanteladas de pedra e pilhas de esquifes, alguns de chumbo e outros de pedra, subindo até o teto arqueado, que se perdia nas sombras acima de nossas cabeças. Holmes acendeu sua lanterna, que formou um cone de luz amarelada sobre aquela cena macabra. Seus raios refletiam-se nas chapas dos esquifes, muitas delas adornadas pelo brasão e pela coroa daquela família antiga, que carregava suas insígnias até mesmo ao portal da Morte.

– O senhor nos falou de ossos, Sr. Mason. Poderia nos mostrar onde estão? – indagou Holmes.

– Estão neste canto – o treinador caminhou até o local e parou, surpreso, quando nossa lanterna o iluminou. – Eles sumiram!

– Era o que eu esperava – Holmes retrucou, rindo. – Acredito que as cinzas desses ossos possam ser encontradas naquela fornalha de que nos falou.

– Mas por que alguém iria queimar os ossos de uma pessoa que já morreu há mil anos? – perguntou John Mason.

– Isso é o que vamos descobrir – tranquilizou-o Holmes. – A busca pode ser demorada, por isso não vamos detê-lo. Acredito que encontraremos uma resposta antes do amanhecer.

Depois que John Mason se retirou, Holmes começou a examinar cuidadosamente as sepulturas, começando por uma muito antiga, aparentemente de um saxão, passando pela longa linhagem de Hugos e Odos normandos, até chegar a *Sir* William e *Sir* Denis Falder, do século XVIII. Demorou pouco mais de uma hora até Holmes chegar a um ataúde de chumbo, que estava em pé junto à entrada da cripta. Ouvi sua exclamação de satisfação e percebi, por seus movimentos

104   **O Velho Solar Shoscombe**

apressados mas coerentes, que ele descobrira o que procurava. Com a lupa, Holmes examinava avidamente as bordas da pesada tampa. Então sacou um pé de cabra pequeno, que enfiou pela fresta, erguendo a tampa, que parecia presa apenas por dois grampos. Conforme cedia, a tampa produzia um ruído arrastado e metálico, mas, mal fora erguida, revelando apenas parte de seu conteúdo, quando fomos inesperadamente interrompidos.

Alguém caminhava na capela acima. Era o passo rápido e firme de quem conhecia o terreno em que pisava. A luz de uma lanterna estendeu-se escada abaixo, e logo depois surgiu o homem que a segurava, emoldurado pela arcada gótica. Era uma figura terrível, de enorme estatura e expressão violenta. A grande lanterna que empunhava iluminava por baixo seu rosto forte, com bigode amplo e olhos enfurecidos, que perscrutavam cada recôndito da tumba, até que, por fim, fixaram-se mortalmente em mim e em Holmes.

– Quem diabos são vocês? – trovejou. – E o que estão fazendo na minha propriedade?

Então, como Holmes não respondeu, ele se adiantou, erguendo o pesado porrete que segurava.

– Estão me ouvindo? – bradou. – Quem são vocês? O que estão fazendo aqui? – tornou a perguntar, brandindo o bastão no ar.

Mas, em vez de recuar, Holmes avançou até ele.

– Também tenho uma pergunta a lhe fazer, *Sir* Robert – ele redarguiu, em seu tom mais sério. – Quem é a pessoa no ataúde? E o que está fazendo aí?

Holmes virou-se e removeu completamente a tampa do esquife. À luz da lanterna, vi um corpo envolto em lençol dos pés à cabeça, com feições assustadoras, iguais às de uma bruxa; queixo e nariz salientes, os olhos vidrados cravados no rosto pálido e em decomposição.

O baronete recuou, gemendo, e se apoiou num sarcófago de pedra.

– Como descobriram? – perguntou. E então, retomando sua atitude truculenta: – Por acaso, isso é da sua conta?

– Meu nome é Sherlock Holmes – respondeu meu amigo. – Talvez já tenha ouvido falar de mim. De qualquer modo, da minha conta é manter a lei, como deveria ser da de todo bom cidadão. Tenho a impressão de que o senhor tem muito o que explicar.

Sir Robert pareceu se inflamar, mas a voz calma e a atitude serena e confiante de Holmes surtiram efeito.

– Por Deus, Sr. Holmes, está bem – disse *Sir* Robert. – As aparências me incriminam, admito, mas não podia agir de outra maneira.

106   O Velho Solar de Shoscombe

– Gostaria de pensar assim, mas receio que suas explicações devem ser dadas à polícia.

Sir Robert encolheu os largos ombros.

– Bem, se tem de ser assim, que seja. Vamos até a casa, para o senhor poder avaliar a situação.

Quinze minutos depois, encontramo-nos, pelo que pude avaliar pelos armários repletos de canos polidos, na sala de armas daquela casa antiga. Era um lugar confortável, onde *Sir* Robert nos deixou por alguns instantes. Ao voltar, estava acompanhado de duas pessoas: a moça que tínhamos visto na carruagem e um homem pequeno, com cara de rato e modos desagradavelmente furtivos. Os dois pareciam totalmente confusos, o que indicava que o baronete ainda não lhes explicara que rumo os acontecimentos haviam tomado.

– Estes – começou *Sir* Robert, indicando-lhes com a mão – são o Sr. e a Sra. Norlett. Ela, usando o nome de solteira, Evans, foi a criada particular de minha irmã durante alguns anos. Trouxe-os à sua presença porque imagino que o melhor que tenho a fazer é lhe contar a verdade, e estes dois são as únicas pessoas no mundo que podem confirmar o que digo.

– Isto é necessário, *Sir* Robert? Pensou bem no que está fazendo? – perguntou a mulher.

– Quanto a mim, rejeito qualquer responsabilidade – acrescentou o marido.

Sir Robert olhou-o com desprezo.

– Assumo toda a responsabilidade – disse. – Agora, Sr. Holmes, por favor ouça os fatos. É evidente que o senhor já sabe muito do que está acontecendo, ou eu não o teria encontrado onde o encontrei. Portanto, o senhor está ciente de que tenho um cavalo inscrito no Derby e de que tudo o mais depende do sucesso desse cavalo. Se ganharmos, tudo fica bem. Se perdermos... bem, não ouso pensar nisso!

– Compreendo sua posição – aquiesceu Holmes.

– Eu dependo de minha irmã, *Lady* Beatrice, para tudo. Mas todos sabem que o usufruto da propriedade é apenas dela. Quanto a mim, estou totalmente nas mãos dos agiotas. Sempre soube que, se minha irmã morresse, os credores cairiam sobre a propriedade como um bando de abutres. Tudo seria perdido: meus estábulos, meus cavalos... tudo. Então, Sr. Holmes, minha irmã realmente morreu há uma semana.

– E não contou para ninguém!

– O que eu podia fazer? A ruína total me esperava. Se eu pudesse adiar tudo por três semanas, conseguiria me salvar. O marido da criada,